伴随孩子成长一生的经典书系

经典文学
彩色美绘本

JING DIAN WEN XUE

经典润泽心灵
文学点亮人生

一本书像一艘船
带领我们从狭隘的地方
驶向人生的无限广阔的海洋

读一本好书
点亮一盏心灯
用经典之笔
打好人生底色
与名著为伴
塑造美好心灵

悦读悦好

U0735773

权威专家亲自审订 一线教师倾力加盟

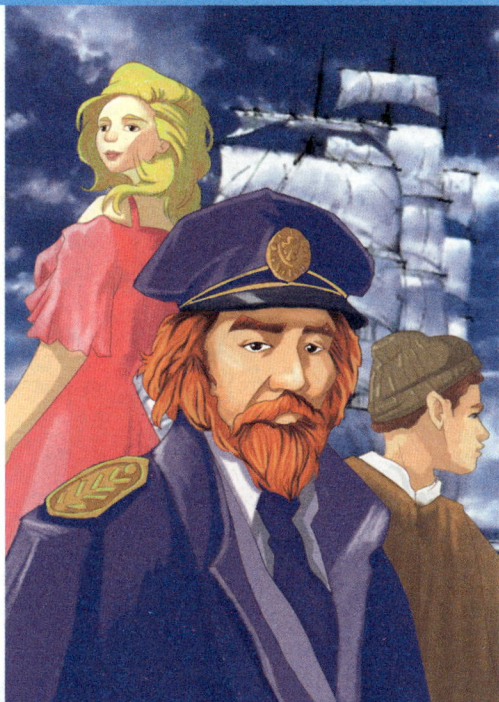

教育部推荐

语文新课标必读丛书

GELANTECHUANZHANGDEERNV

格兰特船长
的儿女

博尔 / 改编

重庆出版集团 重庆出版社

图书在版编目（CIP）数据

格兰特船长的儿女/博尔改编.—重庆：重庆出版社，2014.12（2018.10重印）

ISBN 978-7-229-09265-8

Ⅰ.①格… Ⅱ.①博… Ⅲ.①科学幻想小说－法国－近代

Ⅳ.①I565.44

中国版本图书馆CIP数据核字（2014）第302987号

格兰特船长的儿女

博尔　改编

责任编辑：江　露
装帧设计：义　利

重庆出版集团
重庆出版社　出版、发行

重庆市南岸区南滨路162号1幢
邮政编码：400061　http://www.cqph.com
龙口市新华林文化发展有限公司印刷
全国新华书店经销

开本：710mm×1000mm　1/16　印张：11.5　字数：140千
2014年12月第1版　　2018年10月第6次印刷
ISBN 978-7-229-09265-8
定价：30.00元

如发现质量问题，请与我们联系：（010）52464663

◎ 扬起书海远航的风帆 ◎

——写在"悦读悦好"丛书问世之际

　　阅读是中小学语文教学的重要任务之一。只有把阅读切实抓好了，才可能从根本上提高中小学生的语文水平。

　　青少年正处于求知的黄金岁月，必须热爱阅读，学会阅读，多读书，读好书。

　　然而，书海茫茫，浩如烟海，该从哪里"入海"呢？

　　这套"悦读悦好"丛书的问世，就是给广大青少年书海扬帆指点迷津的一盏引航灯。

　　"悦读悦好"丛书以教育部制定的《语文课程标准》中推荐的阅读书目为依据，精选了六十余部古今中外的名著。这些名著能够陶冶你们的心灵，启迪你们的智慧，营养丰富，而且"香甜可口"。相信每一位青少年朋友都会爱不释手。

　　阅读可以自我摸索，也可以拜师指导，后者比前者显然有更高的阅读效率。本丛书对每一部作品的作者、生平、作品特点及生僻的词语均作了必要的注释，为青少年的阅读扫清了知识上的障碍。然后以互动栏目的形式，设计了一系列理解作品的习题，从字词的认读，到内容的掌握，再到立意的感悟、写法的借鉴等，应有尽有，确保大家能够由浅入深、循序渐进地掌握科学阅读的基本方法。

　　本丛书为青少年学会阅读铺就了一条平坦的大道，它将帮助青少年在人生的路上纵马奔驰。

　　本丛书既可供大家自读、自学、自练，又可供教师在课堂上作为"课本"使用，也可作为家长辅导孩子学好语文的参考资料。

　　众所周知，阅读是一种能力。任何能力，都是练会的，而不是讲会的。再好的"课本"，也得靠同学们亲自费眼神、动脑筋去读，去学，去练。再明亮的"引航灯"，也只能起引领作用，代替不了你驾轻舟乘风破浪的航行。正所谓"师傅领进门，修行靠个人"。

　　作为一名语文教育的老工作者，我衷心地祝福青少年们：以本丛书升起风帆，开启在书海的壮丽远航，早日练出卓越的阅读能力，读万卷书，行万里路，成为信息时代的巨人！

　　高兴之余，说了以上的话，是为序。

人民教育出版社编审　　张翼远

原全国中语会理事长　　2014.10 北京

◎ 悦读悦好 ◎

——用愉悦的心情读好书

很多时候，我们往往是有了结果才来探求过程，比如某同学考试得满分或者第一名，大家在叹服之余自然会追问一个问题——他（她）是怎么学的？……

能得满分或第一名的同学自然是优秀的。但不要忘了，其实我们自己也很优秀，我们还没有取得优异成绩的原因可能是勤奋不够，也可能是学习意识没有形成、学习方法不够有效……

优秀的同学非常注重自身的修炼，注意培养良好的学习习惯和学习能力，尤其是总结适合自己的学习方法和学习途径。阅读是丰富和发展自己的重要方法和途径，阅读可以使我们获得大量知识信息，丰富知识储量，阅读使我们感悟出更多、更好的东西——我们在阅读中获得、在阅读中感悟、在阅读中进步、在阅读中提升。

为帮助广大学生在学习好科学知识、取得理想的学业成绩的同时，还能培养良好的学习意识和学习能力、构建科学的学习策略，形成属于自己的学习方法和发展路线，我们聘请全国教育专家、人民教育出版社语文资深编审张定远、熊江平、孟令全等权威专家和一批资深教研员、名师、全国著名心理学咨询师联袂打造本系列丛书——"悦读悦好"。丛书精选新课标推荐名著，在构造上力求知识性、趣味性的统一，符合学生的年龄特点、阅读习惯和行为习惯。更在培养阅读意识、阅读方法、能力提升上有独特的创新，并增加"悦读必考"栏目以促进学生有效完成学业，取得优良成绩。

本丛书图文并茂，栏目设置科学合理，解读通俗易懂，由浅入深，根据教学需要划分为初级版、中级版和高级版三个模块，层次清晰，既适合课堂集中学习，也充分照顾学生自学的需求，还适合家长辅导使用；既有知识系统梳理和讲解，也有适量的知识拓展；既留给学生充分的选择空间，也充分体现新课改对考试的要求，是一套有价值的学习读物。

没有最好，只有更好。本套丛书在编撰过程中，得到教育专家、名师的广泛关注指导，广大教师和同学们的积极支持参与，对此我们表示最真诚的感谢！我们将热忱欢迎广大教师和学生给我们提出宝贵意见，以便再版时丰富完善。

"悦读悦好"编委会

◎ 功能结构示意图 ◎

★ 悦读引航

必读，意在通过问题设置、情境设置、悬念设置等来引导读者的兴趣，产生"悦读"向往。

★ 精美插图

充满童趣的精美插图，与内容紧密结合，相得益彰，同时活跃了版面，增加了学生阅读的愿望和情趣。

★ 悦读链接

选读，精选与选文关联的知识、人物、事件等，帮助学生更好地理解选文，拓宽视野。

★ 旁　批

选读，通过对字、词、句、段的注解，以及对地理环境、人物事件、民族风情的注释，帮助学生有效地理解和运用。

★ 悦读品味

精读，分层次、多视角剖析选文，通过事理来引导学生树立正确的人生观、价值观和世界观，培养学生自律、进取的意志。

★ 悦读必考

必做，精选学生必考的知识点，与教学考试接轨，同时通过练习提高学习成绩，强化学习能力。

第十章 / 可怕的洪水泛滥

悦读引航
在野外生存十分需要智慧！大自然的力量总是令人敬畏的，如果人们违背大自然的发展规律，那么就会受到惩罚！看吧，在下面的故事中，大自然把脸"变脸"了，那么，格里斯几爵士一行人会有什么样的遭遇呢？快到故事中寻找答案吧！

独立堡和大西洋相距约240公里，若无意外耽搁，格里斯凡一行四天后就可以和驾号会合了。但是，他的寻访就这样全部失败了吗？没有找到格兰特船长而就自回到船上去吗？这样是十分不甘愿的命令，还是分秒替他负起责任。他备了马，办了干粮，定了行程计划。由于他的积极，小队行驶在早晨8点钟就正下身坐。由于银狄东山的青草山坡了。霸士把罗伯的特带到身边，策马跑着，一百不发。他那勇敢的性格不容许他几乎争静静地接受这种失败。他的心跳将几乎要跳出来，头上热得像大烧一样。

悦读链接

科罗林多河

不少人知道北美洲有一条科罗拉多河，是美国和墨西哥哥哥的界河，但是很多人知道南美洲也有一条科罗拉多河。南美洲的科罗拉多河起源于安第斯山脉东坡，流经智利和阿根廷，注入大西洋。在阿根廷这段河流起足里地区比较穷，这条河并不大，水力资源也不丰富，地理位置也不重要，所以很少有人知道它。

悦读必考
1. 给下面的词语注音：
　　螳螂　　某某　　跳蚤　　不足为奇
2. 解释下列词语：
　　忿怒：
　　叫嚣：

悦读品味
格里斯凡团队遇到了大河漫洪，如果不是一横大树，可能他们都有生命危险。大自然的力量是无穷的，在大自然面前，人类是渺小的。人要与自然和谐相处，尽量保留大自然温柔的一面，而不要去唤醒它，激发它暴怒的一面。

"悦读悦好" 系列阅读计划

　　在人的一生中，获得知识离不开阅读。可以说阅读在帮助孩子学习知识、掌握技能、培养能力、健康成长等方面都有着重要的不可或缺的作用。阅读不仅仅帮助孩子取得较好的考试成绩，而且对孩子各种基础能力的提高都有重大的意义。培养孩子的阅读兴趣和养成良好的阅读习惯、掌握有效的阅读技能是教育首先要解决的重大课题之一。为此，我们为学生制订了如下科学合理的阅读计划。

学 段	阅读策略	阅读推荐	阅读建议
1~2年级	适合蒙学，主要特点是韵律诵读、识字、写字和复述文段等。 　　目标：初步了解文段的大致意思、记住主要的知识要点。	适合初级版。 《三字经》 《百家姓》 《声律启蒙》 《格林童话》 《成语故事》 ……	适合群学——诵读比赛、接龙、抢答。 　　阅读4~8本经典名著，以简单理解和兴趣阅读为主，建议精读1本（背诵），每周应不少于6小时。
3~4年级	适合意念阅读，在教师或家长引导下，培养由需求而产生的愿望、向往或冲动的阅读行为。 　　目标：培养阅读兴趣，养成良好的阅读习惯。	适合初级版和中级版。 《增广贤文》 《唐诗三百首》 《十万个为什么》 《少儿百科全书》 《中外名人故事》 ……	适合兴趣阅读和群学。 　　阅读8~16本经典名著，以理解、欣赏阅读为主，逐步关注学生自己喜欢或好的作品，每周应不少于6小时。
5~6年级	适合有目的的理解性阅读，主要特点依据教学和自身的需要选择合适的阅读材料。 　　目标：逐步培养阅读能力，培养学习意志和初步选择意识。	适合中级和高级版。 《柳林风声》 《尼尔斯骑鹅旅行记》 《海底两万里》 《鲁滨孙漂流记》 《钢铁是怎样炼成的》 ……	适合目标性阅读和选择性阅读。 　　选择与教学关联为主的阅读材料；选择经典名著并对经典名著有自己的理解和偏好。每周应不少于10小时。
7~9年级	适合欣赏、联想性和获取知识性阅读。 　　学生的人生观、世界观和价值观日渐形成，通过阅读积累知识、提高能力、理解反思，达成成长目标。	适合中级和高级版。 《论语》 《水浒传》 《史记故事》 《爱的教育》 《三十六计故事》 ……	适合鉴赏和分析性阅读。 　　适当加大精读数量，培养阅读品质（如意志、心态等），形成分析、反省、质疑和批判性的阅读能力。

目录 MU LU

MU
LU

第一章 / 天秤鱼

　　同学们，你们有没有做坐过轮船呢？大家可以试想一下，在那广阔无垠的大海上坐着游轮，是一件多么高兴的事啊！在航行的过程中会有很多有趣的事情发生，下面就让我们跟随格里那凡爵士的脚步，走进故事的第一章"天秤鱼"去看看吧！

　　1864年7月26日，东北风呼呼地吹，一艘华丽的游船开足了马力，在北爱尔兰与苏格兰之间的海峡上航行。英国国旗在船尾桅杆上飘动，这艘游船叫邓肯号，它属于爱德华·格里那凡爵士所有。格里那凡爵士是英国贵族院苏格兰十二元老之一，同时也是驰名英国的皇家泰晤士河游船协会最出色的会员。

　　格里那凡爵士和他的妻子海伦，以及他的一个表兄麦克那布斯少校都在船上。

　　邓肯号才造成，它驶到克莱德湾外几海里的地方试航，现在正要驶向格拉斯哥；在可以看到阿兰岛的时候，瞭望台上的水手忽然报告说："有一条大鱼扑到船后浪槽里来。"船长约翰·门格尔立即叫人把这事告诉格里那凡爵士。爵士

马力

功率单位。

"立即"这个词刻画了船员在心理上对鲨鱼的重视。

带着少校来到尾楼顶上，问船长那是一条什么鱼。

"啊！爵士，"船长回答说，"我想那是一条大鲨鱼。"

"这一带会有鲨鱼吗？"爵士惊奇地问。

"是的，"船长说，"是一种叫'天秤鱼'的鲨鱼。"

"而且，"船长又说，"这种可怕的鲨鱼杀不尽，我们抓住机会除掉一害吧，如果您高兴的话，我们把它钓起来吧。"

"那么，你就做吧。"爵士说。

很快，海伦夫人也上到尾楼顶上来了，她兴致勃勃地来观赏钓鲨鱼。

邓肯号上的乘客们和水手们都出神地看着鲨鱼。

没一会儿，那家伙就游到钩边来了，它打了一个滚，那么大的一块香饵就到它粗大的喉咙里了。

立刻，它拖着缆索猛烈地一摇，被钩上了。水手们赶快旋转帆架末端的辘轳，把那家伙吊了上来。

鲨鱼出了水，蹦得格外厉害。人们拿来一根绳子，在末端打了个活结，套住它的尾巴，叫它动弹不得。不一会儿，它就被吊上船来，摔到甲板上。这时，一个水手悄悄地走近它，一斧头把它那可怕的尾巴砍断了。

钓鲨鱼的一幕结束了，水手们的报仇欲望得到了满足，但是好奇心还没有得到满足。是啊，任何船上都有这样一个习惯：杀掉鲨鱼后要仔细翻翻它的肚子内部。

天秤鱼
即锤头鲨，又名双髻鲨。

兴致勃勃
形容兴头很高，情绪很好。

活灵活现地把鲨鱼的动作描绘出来，生动而有趣。

辘轳
利用轮轴原理制成的一种起重工具，通常安在井上汲水。

水手们知道鲨鱼是什么都吃的，所以希望在它的肚子里找到点意外的收获，这种希望并不会总是落空的。

不一会儿，那鲨鱼被人们毫不客气地用大斧头剖开了肚子，但里面空空的。水手们正要把那残骸扔下海，这时，水手长被一件东西给吸引住了，在鲨鱼的肚子里，有个粗糙的东西。

粗糙
不精细,不光滑,不细致。

"呃！那是什么呀？"他叫了起来。

"那个呀，"一个水手回答说，"那是一块石头。"

"去你的吧！"另一个水手说，"那明明是个连环弹，打进了这坏蛋的肚子，还没来得及消化呢。"

"你们都别胡说，"大副汤姆·奥斯丁驳斥道，"你们没看见这是个酒瓶吗？"

"怎么！"爵士也叫起来了，"鲨鱼肚里有只瓶子吗？奥斯丁，你把那瓶子取出来，海上找到的瓶子常常是装着宝贵的文件的。"奥斯丁照办，他把这个离奇的瓶子送到方厅里，放在桌子上，爵士、少校、船长都围着桌子坐下。一般来说，女人总是有点好奇的，所以海伦夫人当然也围了上来。

爵士的经验在这个时候起到了关键性作用。

在检查瓶子内部之前，先检查外部。它有个细颈子，口部很坚实，还有一节生了锈的铁丝，瓶身很厚，即使经受一定程度的压力也不会破裂。

细节描写，详细地描述了瓶子的外部特征。

"是一只克里各酒厂的瓶子。"少校随便讲了一句。

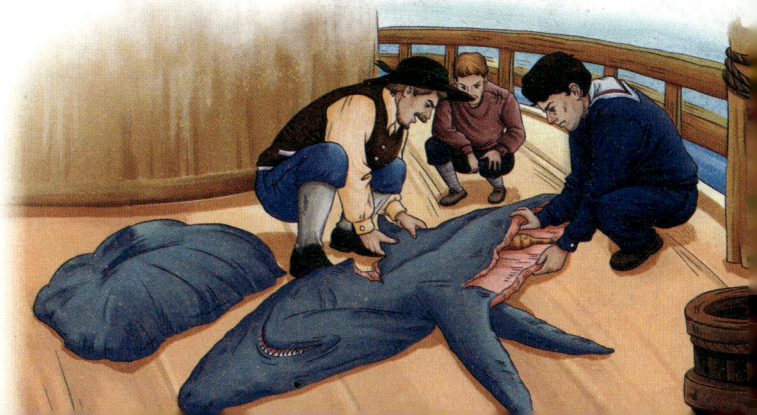

他的判断并没有人提出异议。

"我亲爱的少校，"海伦说，"如果我们不知道瓶子是从哪里来的，单知道是哪家酒厂出的，有什么用呢？"

"我们会知道它是从哪里来的，我亲爱的海伦，"爵士说，"我们已经可以肯定它是来自很远的地方。你看，瓶外面黏附着的这层凝固的杂质，可以说，在海水浸渍的影响下，都已经变成矿石了！这瓶子在钻进鲨鱼肚子之前，就已经在大洋里漂流了很久了。"

"它究竟是从哪里来的呢？"海伦夫人问。

"你等着呀，我亲爱的海伦，研究这瓶子要有点耐心。"格里那凡爵士一面说着，一面刮去护着瓶口的那层坚硬的物质。不一会儿，瓶塞子露出来了，但是已被海水侵蚀得很厉害。

"可惜啊！即使瓶里有文件，一定也保存得不好了。"爵士说。

"恐怕是吧。"少校附和着。

"我们先看看再说吧。"爵士回答。这时候他十分仔细地拔开瓶塞子，一股咸味充满了方厅。

"怎么样？"海伦夫人急躁地问。

"我没有猜错！里面有文件！"爵士说。

"文件呀！是文件呀！"海伦夫人叫了起来。

爵士回答说："不过，大概因为潮气侵蚀得很厉害，文件都沾在瓶上了，拿不出来。"

"把瓶子打破吧。"少校说。

"我倒不想把瓶子打破。"爵士反驳说。

"自然是不打破瓶子好。"海伦夫人说，"但是瓶里的东西比瓶更重要呀，只好**牺牲**瓶子了。"

牺牲

为了正义的目的舍弃自己的生命。

"只要把瓶颈子敲掉就好了，爵士。"船长说。

"就这样做吧！"海伦夫人叫道。

事实上也没有别的办法，所以，虽然格里那凡爵士舍不得，但也只好下决心把宝贵瓶子的瓶颈敲断。

不一会儿，瓶颈的碎片落到桌子上，人们看见瓶子里几块纸沾在一起。爵士小心地把里面的纸头抽出来，一张一张地揭开，摊在桌上。这时，海伦夫人、少校和船长都挤在他的身边。

悦读品味

一艘苏格兰游轮上，水手们钓到了一条鲨鱼，奇怪的是鲨鱼的肚子里竟然有一只漂流瓶，船主格里那凡爵士想办法打破了瓶子，尽量完整地得到了瓶中的文件，整个故事就此展开。作者用一个神秘的漂流瓶为故事拉开了序幕，设置悬念，引人入胜，激起了读者无尽的想象。这种高妙的写作手法值得我们学习。

悦读链接

鲨鱼和玻璃

曾有人做过实验，将一只鲨鱼和一群热带鱼放在同一个池子，然后用强化玻璃隔开。

刚开始，看到热带鱼，鲨鱼会迫不及待地想将它们吃掉。可是由于玻璃的阻隔，鲨鱼不可能得逞，相反经常碰得头破血流，伤痕累累。

一段时间过去了，情况悄然发生了变化。虽然色彩斑斓的热带鱼在鲨鱼的眼前游来游去，鲨鱼好像没看见似的，没有了冲上去将它们吃掉的冲动。只是每天，在饲养员喂食鲫鱼时，它才敏捷地冲上去，恢复昔日不可一世的霸气。

到了最后，实验人员将玻璃取走，但鲨鱼却没有反应，每天仍是在固定的区域游着。它不但对那些热带鱼视若无睹，甚至当那些鲫鱼逃到那边去，它就立刻放弃追逐，说什么也不愿再过去。

悦读必考

1. 字词积累。请给加点的字、词语注音。

（　　　）　　　（　　　）　　　（　　　　　）　　　（　　　　　）

　　落空　　　　粗糙　　　　牺牲　　　　推敲

2. 写出下列词语的近义词。

完备——（　　　）　　　　离奇——（　　　　）

3. 造句。请同学们用"宝贵"一词写一句话。

_____

_____

_____

第二章 / 三封信

悦读引航

亲爱的同学们，你给你的亲人或朋友写过信吗？当我给你三封用不同语言写成的信，并且这三封信的内容也是一样的，可是每封信却是残缺不全的，你能读懂信的意思吗？格里那凡爵士就遇到了这种情况。他是如何做的呢？让我们走进故事去看看吧！

由于海水的侵蚀，这几张纸片成行的字都没有了，只剩下一些不成句子、模糊不清的字迹。爵士仔细地观察了几分钟，颠来倒去地看着。

一系列动作描写，展现出人物的心理活动过程。

然后，他看了看那些等得不耐烦的朋友们说："这里有三份不同文件，不过很有可能就是同一个文件，只是用三种文字写的：一份是英文，一份是法文，还有一份是德文。"

"至少，这几个字总有个意思吧？"海伦夫人问。

"很难说，这些文件上的字太不完整了。"

"也许三份文件上的字可以互相补充吧？"少校说。

"应该是可以的，"船长回答，"因为海水不可能把三份文件上同一行上的字一个个都侵蚀掉，我们把这些残字断句凑全起来，总可以有一个看得懂的意思。"

侵蚀

逐渐侵害使变坏。

"我们正是要这样做，"爵士说，"不过，要一步一步来，先看这英文的。"

"关于这一点是无可怀疑的，"爵士说，"sink（沉没），aland（上陆），that（此），and（及），lost（必死），这些字都是很完整的，skipp很显然就是skipper（船长），这里说的是一位名叫Gr……（格……）什么的，大约是一只遇难海船的船长。"

这些残留的信息成为了贯穿整个故事的线索。

"还有，monit和ssisance这两个字的意思也很明显。monit应该是monition（文件），ssisance应该是 assistance（援救）。"门格尔船长说。

"这样一看，也就很有点意思了。"海伦夫人说。

"只可惜一点，"少校说，有些整行的字都缺了，失事的船叫什么，失事的地点在哪里，我们怎么知道呢？"

"我们把三个文件互相补充看能不能找到。"爵士说。

第二张纸比第一张损坏得更厉害。

"这是德文。"船长说。"首先，出事的日期确定了，7Juni就是6月7日，再把这日期和英文文件上的62凑合起来，我们就知道是'1862年6月7日'这样一个完整的日期了。"

凑合

聚集；拼凑。

"太好了！"海伦夫人叫道，"再接下去！"

"同一行，还有Glas这个字，把第一个文件上的gow和它凑起来，就是Glasgow（格拉斯哥）一词，显然是格拉斯哥港的一条船。"

"我的意见也是这样。"少校附和着说。

"文件上第二行全没有了。"船长又说，"但我看出第三行两个重要的字：zwei的意思就是'两个'，atrosen应该是matrosen，意思是'水手'。"

"那就是说一个船长和两个水手遇难了。"海伦夫人说。

"很可能就是这样。"爵士回答。

"我要老实向您承认，爵士，下面graus这一字很使我为难。"船长说，"也许第三个文件可以使我们懂得这个字。至于最后两个字，不难解释：bringtit、ihnen的意思就是'乞予'。如果我们把第一个文件第六行上的那个英文字凑上去，我是说把'援救'这两个字接上去，就凑成'乞予援救'，这再明显不过啦。"

"是啊！乞予援救！"爵士说，"但是那几个不幸的人在什么地方呢？直到现在，我们对于地点一点线索还没有呀！"

"我们希望法文文件能说得更明白点。"海伦夫人说。

"我们再看看法文文件吧，我们大家都懂法文，研究也就容易多了。"爵士说。

"这里有数字，"海伦夫人大声叫道，"看啊！诸位，你们请看！"

"我们还是依次序来研究，"爵士说，"头几个字我就看出是个'三桅船'，把英法文两个文件凑起来，船名是完整的，叫作'不列颠尼亚'。第二行后面的两个字goine和austral，只有后面一个字有意义，大家都晓得这是'南半球'。"

遇难

因为各种灾难而导致的死亡。

乞予

乞求给以。

线索

比喻事物发展的脉络或探求问题的途径。

随着推理的进行，事实已经快要浮出水面了！

"这已经是很宝贵的一点启示了，"船长回答，"那只船是在南半球失事的。"

"还很不清楚。"少校说。

爵士说："让我再接着讲下去，abor这个字应该是aborder，也就是'到达'的意思。那几个不幸的人到达一个什么地方了。contin是不是contineht（大陆）呢？"

"这个cruel正好就是德文graus……grausam这个字啊！也就是'野蛮的'的意思呀！"

"我们再看下去，再看下去！"爵士说。他看见那些残缺不全的字逐渐有了意思，他的兴趣也就自然而然地跟着提高了。"indi是不是就是inde（印度）这个字呢？那些海员被风浪打到印度去了吗？还有ongit这个字，一定就是Longitude（经度）。下面说的是纬度：37度11分，好了！我们有了正确的指示了！"

"但是经度还是不晓得呀！"少校说。

残缺不全
残破，缺少，很不完整。

"我们不能要求得这样完备呀，我亲爱的少校！"爵士回答说，"有正确的纬度已是很好的了。这张法文文件是三份文件中最完整的一份。而这三份文件又很显然地是彼此的译文，并且是逐字直译出来的，因为三张纸上的行数都是一样的，因此，我们现在应当把三件并成一件，用一种文字译出来，然后再研究出它们最可能、最合理、最明白的意思。"

爵士立刻拿起一支笔，过了一会儿，他就把一张纸递给大家，纸上这样写着：

"1862年6月7日……三桅船不列颠尼亚号格拉斯哥……沉没……戈尼亚……南半球……上岸……两名水手……船长……格……到达……大陆……被俘于……野蛮的……印第……抛……此……文件……纬度……37度11分，经度……乞予……援救……必死……"

这时一个水手来报告船长说："邓肯号已进入克莱德湾，请船长发命令。"

"爵士，您的意思怎么样？"船长转过脸去问格里那凡爵士。

"赶快先开到丹巴顿，让海伦夫人回玛考姆府，然后我到伦敦去把这份文件送给海军部。"

船长照这意思下了命令。

"现在，朋友们，"爵士说，"我们来继续研究。我们找到了一条大商船失事的线索了。好几个人的性命就靠我们的判断是否正确。因此，我们要绞尽脑汁来猜出这个哑谜。"

绞尽脑汁
费思虑，费脑筋。

"我们都准备这样做，亲爱的。"海伦夫人说。

"首先，"爵士接着说，"我们要把文件的内容分成三个不同的部分来处理：一是已经知道的部分；二是可以猜到的部分；三是尚未知道的部分。我们已经知道的是什么呢？我们已经知道：1862年6月7日格拉斯哥港的一只三桅船不列

救援

援助人、物使免于（灾难、危险）。

颠尼亚号沉没了，两个水手和船长将这份文件在纬度37度11分的地方丢下海里，请求救援。"

"十分正确。"少校说。

"我们还能够猜到什么呢？"爵士又说，"那只船失事地点是在南半球海面上，'gonie'这个字不是指一个地名吗？它是不是一个地名的一部分呢？"

"是patagonie（巴塔戈尼亚）呀！"海伦夫人叫道。

船长一面打开南美地图，一面回答："正是这样！巴塔戈尼亚被南纬37度线穿过。南纬37度线先横截阿罗加尼亚，然后沿巴塔戈尼亚北部穿过草原，进入大西洋。"

推测

根据已经知道的事物来想象不知道的事情。

"好！我们继续推测下去。abor就是aborder（到达）。两个水手和船长到达什么地方呢？contin……就是continent（大陆）。你们注意，是'大陆'不是海岛。他们到达大陆后怎么样呢？有个像神签一般的字'pr'说明他们的命运。这个字是说明那几个不幸者是'被俘'（pris）了或者'做了俘虏'（prisonniers）了。被谁俘虏去了呢？被'野蛮的印第安人'（cruels indiens）俘虏去了。我这样解释，你们信服吗？空白处的字不就一个个地自动跳出来了吗？

运用拟人的修辞手法，使文字显得更加生动形象。

爵士说得斩钉截铁，眼光里充满着信心。

大家都和他一样叫道："再明显不过了！"

过了一会儿，爵士又说："朋友们，在我看来，所有的这些假设都是非常可信的。我认为事情出在巴塔戈尼亚海岸附近。而且，我要叫人在格拉斯哥港打听一下不列颠尼亚号当初是要到什么地方去的，然后我们就知道它是否有被迫驶到那一带海面的可能。"

被迫

待外力推动而行动。

"啊！我们不需要到那样远的地方去打听，我这里有全套的商船日报，可以给我们正确的答案。"船长说。

"赶快拿出来查一查，赶快查！"海伦夫人说。

船长拿出一大捆1862年的报纸，很快地翻阅着。

他找的时间并不长，一会儿他就用满意的声调说："1862年5月30日，秘鲁！卡亚俄（秘鲁西部的一大商埠）！满载，驶往格拉斯哥港，船名不列颠尼亚号，船长格兰特。"

"格兰特！"爵士叫起来，"就是那位雄心壮志的苏格兰人，他曾想在太平洋上建立一个新苏格兰呀！"

格兰特船长终于第一次出现在了大家的视野。

"是啊！就是他，在1862年乘不列颠尼亚号自格拉斯哥港出发，后来人们就听不到他的消息了。"

"既然地名都知道了，经度知不知道就无所谓了。我只要知道纬度，就能保证一直航行到出事地点。"船长说。

"好！好！我亲爱的！"海伦夫人说，"如果那些不幸的人们能够重新回到祖国，那都全亏了你呀！""他们一定能重新回到祖国，"爵士回答说，"这份报纸说得太

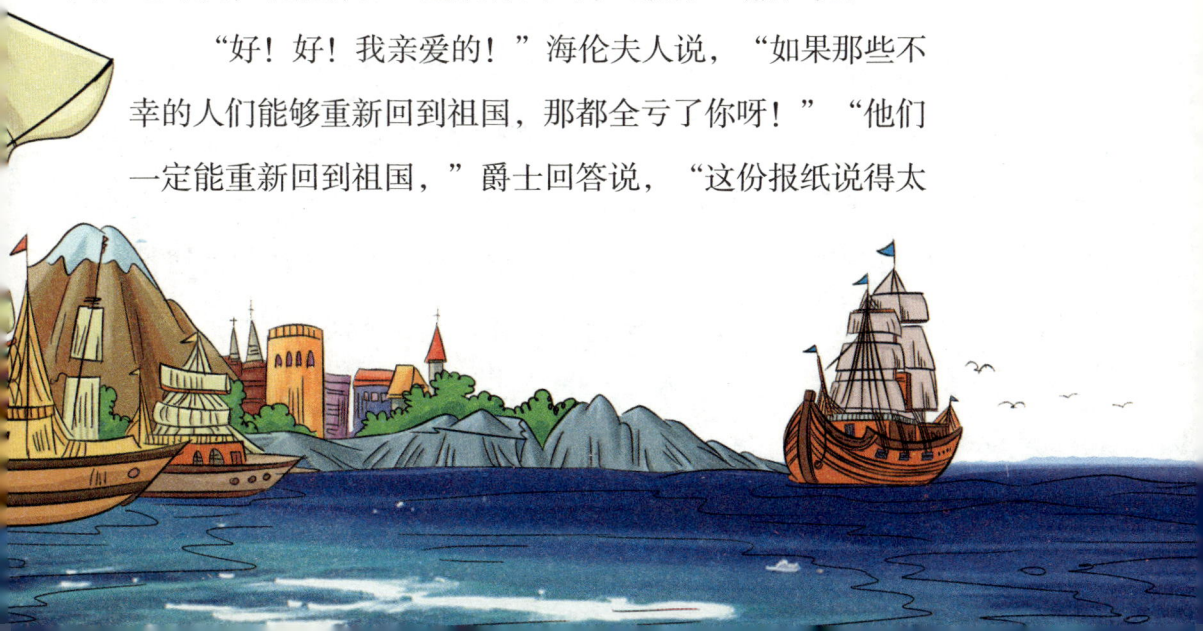

明显，太清楚了。"

邓肯号开足马力，沿着比特岛的海岸航行，洛司舍区和那座躺在**肥沃**山谷里的美丽小城都已经落在右舷后面了；接着，它就驶进海湾狭窄的航道，在格里诺克城面前转了个弯，到了晚上六点钟，它就停泊在丹巴顿的那座雪花岩的脚下，岩顶上**矗立**着苏格兰英雄华来斯的那座著名的府第。

那里，一辆马车套好了马在等候着海伦夫人，准备把她和麦克那布斯少校一起送回玛考姆府。爵士和他的年轻夫人拥抱告别之后，就跳上了去格拉斯哥的快车。

在动身前，他先给《泰晤士报》和《每晨纪事报》发了一个重要启事。启事内容如下：

"欲知格拉斯哥港三桅船不列颠尼亚号及其船长格兰特的消息者，请询问格里那凡爵士。

地址：苏格兰，凡巴顿郡，吕斯村，玛考姆府。"

肥沃
土地含有适合植物生长的养分和水分。

矗立
高高立起，侧重指直而高的立着，多用于物。

悦读品味

通过对酒瓶中的文件残片的解读，格里那凡爵士终于拼凑出事件的大致轮廓，格兰特船长这位标题人物也终于出现在大家的面前。出于对这位为本民族努力奋斗的航海家的尊敬和同情，格里那凡爵士将格兰特船长的信息发布在报纸上，希望对这个消息感兴趣的人能够看到，为下文埋下伏笔。

故事中，作者通过对推理过程的描述，将爵士、少校等人的性格一一呈现出来，形象栩栩如生，是语言描写的典范。

悦读链接

《泰晤士报》

《泰晤士报》(《The Times》)是英国的一张综合性全国发行的日报,是一张对全世界政治、经济、文化发展产生巨大影响的报纸。

《泰晤士报》一直秉承"独立、客观地报道事实""报道发展中的历史"的宗旨,但纵观其200多年的历史,该报的政治倾向基本上是保守的,在历史上历次重大国内及国际事务上支持英国政府的观点。

《泰晤士报》每天40版左右,版面主要可以分为两部分:一是国内外新闻、评论、文化、艺术、书评,一是商业、金融、体育、广播电视和娱乐。报道风格严肃,内容详尽。其读者群主要包括政界、工商金融界和知识界人士。

悦读必考

1. 看拼音,写词语。

　　qīn shí　　　　còu he　　　　qǐ yǔ

　　(　　　　)　　(　　　　)　　(　　　　)

2. 比一比,再组词。

　　蚀(　　　)　　糊(　　　)　　凑(　　　)　　纬(　　　)

　　浊(　　　)　　湖(　　　)　　揍(　　　)　　伟(　　　)

3. 请模仿下面的句子写一句话。

　　生命就像焰火,火在舞蹈,那扭动、变形的舞姿是火的生命张力的表达。

4. 格里那凡爵士在信里得到了什么信息呢?

5. 读完本章,大家应该知道学好一门外语是多么重要了吧。请大家
   畅所欲言,说一下我们在以后的外语学习中应该怎么做?

第三章 / 玛考姆府

悦读引航

　　格里那凡爵士在报纸上刊登出格兰特船长的信息，本来只不过是死马当活马医，没想到还真的有人来了，而且来的人居然是格兰特船长的儿子和女儿，小说题目的意思终于得到了解释。但是一个新的问题又来了——他们会如何处理格兰特船长的事情呢？

　　玛考姆府是苏格兰南部颇富有诗意的一座住宅，它位于吕斯村附近，俯瞰着吕斯村的那个美丽的小山谷。乐蒙湖的清波浸浴着高墙的石基，从很远的年代起，这座住宅就属于格里那凡家了。格里那凡住在罗布·罗伊与弗格斯·麦克格里高的故乡，这里还保存着古代英雄的好客遗风。在苏格兰爆发革命的时代，许多佃户都因为无力缴付过高的地租被领主赶走了。

　　在所有的贵族中，只有格里那凡这一族认为信义约束贵族和约束平民是一样的。他们对佃户始终以信义相待。因此他们的佃户中没有一个离开他们的故乡。

　　所以，即便在那种恩断义绝的乱世，格里那凡氏的玛考姆府始终只有苏格兰人住在里面，和现在邓肯号船上只有苏格兰人一样。这些苏格兰人都是老领主麦克格里高、麦克法

俯瞰

俯视，从高处往下看。

阐述了当时的社会环境，为下文做铺垫。

恩断义绝

夫妻或亲戚朋友之间恩爱情意完全断绝，从此不相往来。

伦、麦克那布斯、麦克诺顿的庄户子孙，也就是说，他们都是土生土长在斯特林和丹巴顿两郡的孩子。

格里那凡爵士家资极富，一向仗义疏财，他的仁慈超过他的慷慨。因为慷慨是有限度的，而仁慈可以是无边的。这位身为吕斯村绅士的玛考姆府的"主人"，是英国贵族院的元老。但是，由于他的雅各派的思想，由于他不愿逢迎当时的王朝，他颇受英国政客们的歧视。再者，他始终继承着他先辈的传统，坚决抵抗英格兰人的政治侵略，这更是他被歧视的原因。

格里那凡爵士和海伦夫人，结婚才不过3个月。

海伦夫人是个勇敢、热情的少女。她的佃户和仆役们都称她为"我们仁慈的海伦夫人"，就是为她牺牲生命也是心甘情愿的。

这时候格里那凡爵士已经到伦敦去了，当务之急是要救援那几个不幸的遇难船员。第二天，海伦接到丈夫的一封电报，她估计丈夫很快就可以回来。当天晚上，她又收到一封信，信中爵士说要延期，因为爵士的建议碰到了若干困难。第三天，又有一封信，信里爵士流露出对海军部的不满。

这天晚上，正当海伦一个人闷闷坐在房间里时，忽然总管哈伯尔进来告诉她有一个少女和一个男孩，要求和爵士说话，问她愿不愿去接见。

"是本地人吗？"夫人问。

"不是的，夫人。"管家回答说。

仗义疏财
旧指讲义气，拿出自己的钱财来帮助别人。

逢迎
迎合。

海伦夫人人品端正，品德高尚，很受大家尊敬。

"请他们上来吧。"夫人说。

管家出去了。一会儿，那少女和小孩儿被引到海伦的房里来了。从他们的面孔中就能看出他们是姐弟俩。姐姐大约16岁，她那漂亮的面孔显得有些疲乏，那双眼睛似乎是哭肿的，那副表情又沉着又坚毅，那身装束又朴素又整洁。

姐姐站到海伦面前，有些愣住了。海伦赶快先开腔说："你们想找我吗？"

"就是关于不列颠尼亚号沉没的事在《泰晤士报》上登了一条启事……"

"你们是什么人？"

"我是格兰特小姐，夫人，这就是我的弟弟罗伯特。"

"夫人，关于我父亲沉船的事，您都知道些什么？他还活着吗？我们还会见到他吗？"罗伯特说。

"我亲爱的孩子，虽然希望很渺茫，不过，或许有一天你们会跟你们的父亲重新见面的。"

"上帝呀！"格兰特小姐叫着，忍不住流下泪来。一阵悲喜交集的情绪过去了，格兰特小姐不由自主地提出了很多问题。海伦对她说了捞获文件的经过，当海伦这样叙述的时候，小罗伯特眼睁睁地望着她。他仿佛看见他父亲站在不列颠尼亚号的甲板上，看见他在海

启事
为了公开声明某事而登在报刊上贴在墙壁上的文字。

渺茫
因遥远而模糊不清；因没有把握而没有预期。

浪中挣扎。

至于格兰特小姐呢，她双手合十，仔细听着，直到叙述完毕，她才说："啊！夫人！那文件呢？"

"文件不在我这儿，我亲爱的孩子。"海伦回答。"为了你父亲，我的丈夫把那份文件带到伦敦去了。但是文件里写的东西我都一字一字地告诉你们了……"

"是的，夫人。但是我想看看我父亲的笔迹。"

"那么，等明天吧，也许明天我丈夫就会回来了。他带着这份文件，想把它拿给海军部的审计委员们看看，以便鼓动他们立即派船去寻找你父亲。"夫人说。

"是真的吗，夫人？您二位真为我们去与海军部交涉了吗？"格兰特小姐叫了起来，表示十分感激。

"是的，孩子。请你们就住在我们家里，等爵士回来……"

对于格兰特姐弟来说，能够得到关于父亲的哪怕一点点音信，也是弥足珍贵的。

这样热诚的邀请是不便拒绝的。于是，格兰特小姐同意和弟弟罗伯特在玛考姆府里等候爵士回来。

悦读品味

格兰特船长的儿子和女儿循着报纸上的线索来到了爵士的府邸，他们在这里等待寻求政府帮助的爵士回来。虽然希望很渺茫，但是他们还是愿意等待，这就是亲人之间血浓于水的深情。我们也应该反省自己：当父母外出的时候，有没有替父母担心；当我们出门在外的时候，有没有想过父母在为我们担心。

悦读链接

苏格兰

苏格兰位于大不列颠岛北部，英格兰之北，以格子花纹、风笛音乐、畜牧业与威士忌工业而闻名。苏格兰虽然在外交、军事、金融、宏观经济政策等事务上受到英国管辖，但在内部立法、行政管理上，拥有很大程度的自治空间。

苏格兰历史上是一座独立王国，经历了数百年外国侵略，为反对英格兰的占领，曾发动过两次独立战争，1707年被英国合并为联合王国。

2011年5月，主张维持统一的工党在苏格兰地方选举中败给苏格兰民族党,这使得一些苏格兰人又萌生了独立的念头。2014年9月18日，按照苏格兰政府发布的《苏格兰的未来：苏格兰独立指南》白皮书，苏格兰举行了全民公投。最终，约55%的选民投了反对独立的票。因此，英国仍将保持统一。

悦读必考

1. 字词积累。请给下列词语注音。

（　　　　） 　　（　　　　　） 　　（　　　　　）

俯瞰　　　　　　借鉴　　　　　歧视

2. 解释下列词语。

恩断义绝：_____

仗义疏财：_____

3. "阳光下的盛开的百合就是您的笑容。"请先指出句子运用了什么描写手法,然后仿照原句写一个句子。

_____

_____

4. 格里那凡爵士在当地具有极高的声望及良好的人品,但是为什么受到英国政客的歧视呢?

_____

_____

5. 同学们,你们都做过哪些助人为乐的事情呢?请写出你认为最有意义的一件事情吧!

_____

_____

第四章 / 海伦夫人的建议

爵士回来了，他带回来一个坏消息，英国政府不愿意为一个普通船长而耗费资金、出动海军，面对这样的困难局面，年幼的姐弟俩该怎么办呢？他们还有机会见到他们的父亲吗？

在谈话中，海伦没有提到格里那凡爵士在来信中对海军部审计委员们的态度所表示出来的焦虑，也没有触及格兰特船长可能在南美洲被印第安人俘虏的事实。这些话，要是说出来，那肯定会使这两个可怜的孩子为他们的父亲担忧。

> 这个细节体现了海伦夫人的细心和善良。

格兰特小姐的生活和处境是一段动人而简单的历史，这段历史更增加海伦对她的同情。

玛丽·格兰特小姐和罗伯特·格兰特是格兰特船长仅有的两个孩子。在罗伯特出生的时候格兰特船长的妻子就去世了。每当远程航行的时候，他就把两个孩子托付给一位年老慈祥的堂姐姐。格兰特船长是个**精明能干**的海员，他既善于航海，又善于经商，一身兼备着一般商船船长所没有的双重才干。

> **精明能干**
> 机灵聪明，办事能力强。

格兰特船长和格里那凡氏家庭一样，也对英格兰有所不满。他想以个人的力量促进苏格兰的发展，决心在澳大利亚一带找出一片陆地来使苏格兰能作大规模的移民。他造了一只船，组成了一个船队，全都精明能干。他把儿女托给年老的堂姐，自己就出发到太平洋上探险了。

那是1861年的事情了。翌年的5月，人们还不断地得到他的消息，但是自从6月里他离开卡亚俄以后，就没有人再听到关于不列颠尼亚号的情况了，《商船日报》对船长的命运也只字不提。也就是在这个时候，格兰特船长的堂姐死了。从此以后，这两个孩子成了举目无亲的孤儿。那时，玛丽·格兰特才14岁，她勇敢坚毅，对这样的遭遇毫不畏惧，她把她的全部精力都放在年幼的弟弟身上。她日夜劳作，为弟弟牺牲一切。她沉着地履行了"母亲"的责任。

这种处境十分动人，两个孩子就这样生活着，倔强地安贫吃苦，勇敢地和穷困做斗争。玛丽·格兰特一直认为不

列颠尼亚号永远消失了，父亲死了。当她偶然翻到《泰晤士报》上那条启事时，她那种激动兴奋的心情实在是无法形容。她毫不迟疑，立刻决定来打听一下消息。

第二天天一亮，坞丽·格兰特和弟弟就起床了。他们在院子里走来走去，这时忽然听见一阵马车声，是格里那凡爵士快马加鞭地赶回来了。

快马加鞭

比喻快上加快，急速前进。

爵士仿佛很忧郁，很失意，很愤慨。他拥抱着他的夫人，没有说一句话。

"怎么啦，亲爱的？"夫人急着问。

"我亲爱的海伦，那帮人一点良心都没有！"

"他们拒绝了？"

"是呀！他们说，为了寻找富兰克林，曾经白费了几百万！他们声称文件太模糊，看不懂！又说，那些不幸的人已失踪两年了，很难再找到！他们既然落到印第安人的手里，必然被带到内陆去了，怎么能为这三个人搜查整个巴塔戈尼亚呢！总之，他们什么理由都搬得出来。他们还记得格兰特船长的那个计划呢，这可怜的船长没救了！"

富兰克林

英国航海家，在北极探险遇难。

"我可怜的父亲！"玛丽·格兰特叫了起来，跪到爵士的跟前。

"你的父亲！怎么回事，小姐？"爵士看到这个女孩跪在他面前，吃了一惊。

格兰特小姐的希望快要破灭了。

"这就是玛丽小姐和她的弟弟，格兰特船长的两个孩子。"海伦夫人说，"他们是注定要做孤儿了！"

"啊！小姐，"爵士一面说着，一面扶起这女孩，"假使我知道你们在这里……"他的话说不下去了。院子里只听到断断续续的呜咽声，冲破着一片苦痛的沉寂。

小罗伯特高声叫道："我出去找那帮人，我们倒要看看……"

罗伯特这句发狠的话还没说完，就被他的姐姐止住了。但是他两个小拳头握得紧紧的，显出一肚子的愤愤不平。

"不能这样，罗伯特！这些好心肠的大人们已经尽力了，我们要永远感谢他们。好了，我们走吧。"玛丽说。

"玛丽！"海伦叫道。

"小姐，你要到哪里去呢？"爵士问。

"我要去跪到女王面前，我们要看看女王是不是对我们这两个为父亲求救的孩子也装聋作哑。"

格里那凡爵士摇摇头。很少人能走到王座前，因为英国人在王宫的大门上和他们在轮船的舵盘上一样，都写着："请乘客勿与掌舵人说话。"

海伦夫人懂得丈夫的意思。

"玛丽·格兰特，你们等一等，现在听我说。"

玛丽本来已经搀着弟弟要走了，她停了下来。

海伦眼泪汪汪地走向她的丈夫。"爱德华，"她说，"格兰特船长写了这封信把它丢到海里的时候，是把信托付给了上帝，是上帝把这封信交给我们的呀！无疑地，上帝要我们负责拯救那几个不幸的人。"

"海伦，你的意思是？"爵士问。

全场的人都静悄悄地听着。

"我的意思是说，一个人如果结了婚以后能做一件好事，他一定会感到无限幸福的。亲爱的爱德华，你曾经为我订了一个旅行的计划。但是能拯救这些被国家遗弃的不幸的人，我想那是天下最快乐、最有价值的事！"

海伦夫人是一个善良的人。

"海伦啊！"爵士叫了起来。

"爱德华，亲爱的！邓肯号是一条轻快牢固的海船，它经得起南半球海洋上的风浪！如果需要的话，它可以作环球旅行，我们出发吧，爱德华！我们去寻找格兰特船长。"

爵士听到这一番话，对他那年轻的夫人伸出双臂，微笑着紧紧地拥抱着她。

悦读品味

格兰特姐弟的命运是不幸的，很小就失去母亲；父亲失踪，负责照看他们的人又不幸去世；但是他们又是非常幸运的，因为他们遇到了格里那凡爵士和他的夫人，让他们重新燃起了希望。文中通过使用语言神态等细节描写，使人物的形象更加丰满，这种写作手法，是我们平时写作值得借鉴的。

悦读链接

印第安人

印第安人是对除因纽特人外的所有美洲原住民的总称。美洲土著居民中的绝大多数为印第安人，分布于南北美洲各国，传统上将其划归蒙古人种美洲支系。

印第安人在公元15世纪末之前本来并没有统一的称法。公元1492年，意大利航海家哥伦布航行至美洲时，误以为所到之处为印度，因此将此地的土著居民称作"印度人"。后人虽然发现了哥伦布的错误，但是原有称呼已经普及，所以英语和其他欧洲语言中称印第安人为"西印度人"，在必要时为了区别，称真正的印度人为"东印度人"。汉语翻译时直接把"西印度人"这个单词翻译成"印第安人"，免去了混淆的麻烦，到目前仍为最普及的用法。

印第安人的族群及其语言的系属情况均十分复杂，至今没有公认的分类。

悦读必考

1. 写出下列词语的近义词。

　精明（　　　）　　　担忧（　　　）　　　倔强（　　　）

2. 造句。

　装聋作哑：_____

　精明能干：_____

3. 格里那凡爵士去海军部交涉营救格兰特船长的方法为什么没有实现呢？

_____

4. 以"希望"为话题，写几句话。

_____

_____

第五章 / 第一位客人

悦读引航

爵士等人决定要乘邓肯号出海航行，去寻找失踪的格兰特船长，这次航行会有什么事情发生呢？一个陌生人突然出现在了邓肯号上，这个人会是谁呢？接着看故事吧！

航行既已决定，那么一分钟也不能浪费了。当天，爵士就**吩咐**门格尔船长把邓肯号开到格拉斯哥港，作出海航行的准备，并且说这次航行可能要环绕地球一周。

吩咐
口头指派或命令。

邓肯号最高速度每小时可达到32公里。有这样的速度，它足可以做环球旅行了。门格尔船长只要把舱房改装一下就行了。

大副汤姆·奥斯丁是个老水手，值得十二分信任。船上连船长、大副在内一共是25人，组成了邓肯号上的船员队。他们都是丹巴顿郡的人，都是久经风浪的水手，都是格里那凡族的庄户子弟。

这是一个充满信任和凝聚力的团队。

门格尔船长虽然忙着修舱贮粮，然而他没有忘记给爵士夫妇准备两个长途航行的房间。同时他还要为格兰特船长的两个孩子布置舱位。

船上的乘客名单，加上麦克那布斯少校，就算齐全了。这少校是50岁的人，既谦虚又沉默，又和气又温柔；他这个少校军衔还是在高地黑卫队第42团里得来的，黑卫队是纯粹苏格兰贵族组成的队伍。

以上就是邓肯游船上的全部人员，这只船，由于一个意想不到的机缘，要做一次最惊人的航行。

启程的日子一天一天接近了。门格尔船长真能干：克莱德湾试航后才一个月，邓肯号就已经改装好了，煤粮都储够了，一切都安排好了，于是能够出发了。它定于8月25日启程，这样，未到初春，它就可以进入南纬地带。

在开船前，格拉斯哥市民还看到一场动人的仪式。

晚上7点钟，爵士和他的旅伴们及全体船员，从火夫一直到船长，凡是参加这次救难航行的人，都离开游船到格拉斯哥古老的圣孟哥教堂去了。这是一座古教堂，现在它正开着大门，迎接邓肯号的乘客及船员。在这教堂里，在那古迹累累的圣堂前，摩尔顿牧师为他们祝福，求神明保佑这次远征。

11点钟，大家都回到了船上。门格尔船长和船员们忙着做最后的准备。

半夜，机器生火了。船长命令加足火力。不一会儿大股浓烟就混杂在黑夜的海雾里。邓肯号的帆全卷起来藏在帆罩里，以防受煤烟的污损，因为那时风正从西南吹来，不利于张帆行驶。到了夜里两点，邓肯号在机器的震撼下开始颤动了。气压表指到四级的压力，沸热的蒸汽在汽缸里嗞嗞地响着。

门格尔船长叫人通知爵士，爵士马上跑到甲板上来。邓肯号的汽笛呜呜地鸣叫起来。船长松下缆索，开动螺旋桨，邓肯号离开了周围的船只，驶进克来德湾的航道。

令人激动而又充满挑战的环球航行正式开始了。

航行的第一天，海浪相当大，傍晚，风刮得更强了，邓肯号颠簸得很厉害。

但是第二天风转了方向，门格尔船长扯起主帆、纵帆和小前帆。邓肯号强有力地压着波澜，不会颠簸那么厉害了。

海伦和玛丽·格兰特一清早就来到甲板上，和爵士、少校、门格尔船长聚在一起。

"这一次航程需要很长时间吗，亲爱的爱德华？"

"这要问船长，一切都好吧，门格尔？你对这条船满意吗？"

"满意极了，爵士。"门格尔船长回答，"我们现在一小时走30公里。要是照这样下去，我们10天后就可以跨过赤道，不用花五个星期就可以绕过合恩角了。"

"但愿老天爷听到您的话，船长先生。"玛丽说。

游船上那位 司务长 是个大公馆的好厨师，他虽是苏格兰人，却长得像法国人一样，而且又热诚又聪明，主人一唤，他就来了。

"奥比内，吃早饭之前我们要去溜达溜达，"爵士说，"我希望我们回来时早饭都摆好了。"

奥比内严肃地鞠了个躬。

少校一人留下来，和平时一样，自思自想，却从不想不愉快的事。他待在那儿不动，看着船后的浪槽。这样默默地看了好几分钟，他又回过头来，突然发现一个陌生人站在面前。他大吃一惊，这位乘客他不曾见过呀！

这人身材高大，大约40岁，他活像一个大头钉。可不是嘛，他的头又大又宽，高高的额角，长长的鼻子，大大的嘴，兜得很长的下巴。眼睛前罩着大而圆的眼镜，闪动不定的目光好像是夜视眼的样子。他头上戴着一顶旅行用的鸭舌帽，脚上穿着粗黄皮靴，靴上还有皮罩子，身上是栗绒裤，栗色绒夹克，无数的衣袋，仿佛都塞满了记事的簿子、备忘册子、手折子、皮夹子以及种种杂七杂八的没用的东西，还加上一个大望远镜，斜持在腰间。

他围绕着麦克那布斯走来走去，瞪着双眼打量着他，而少校却毫不在意也不想问他是从哪里来的，要到哪里去，为什么上了邓肯号。

这位 来历不明 的客人看到他引不起少校的注意，只好拿起他那拉开可达到1.2米的大望远镜，对准天边水天相接的地方看了5分钟，然后又把那望远镜放下来，挂在甲板上，用手按住上端，仿佛按着一把手杖。忽然，镜子的活节一动，一节套进一节，镜子突然缩下去，那陌生人直挺挺地跌倒在大桅脚下。

滑稽的行为更加吸引读者的注意。

任何人看见了至少也要微微一笑，但是少校却连眉毛也不皱一皱，于是那陌生人开腔了。

"你是船上的司务长吗？"那人问，"我是6号房乘客。你贵姓？"

"奥比内。"

"好，奥比内，我的朋友，"那6号房乘客说，"要开早饭了，并且要越快越好，我已有36小时没吃东西了。请问你，几点开饭？"

"9点钟。"奥比内机械地回答。

6号房乘客想看看表，但摸了很久，摸到第9只衣袋才摸到。"好。现在才8点，那么，您先给我来一块饼干，一杯白葡萄酒，我饿得没劲了。"

奥比内听了真是莫名其妙。

这位6号房乘客开始不耐烦了："船长呢？船长还没有起来呀！大副呢？也还在睡觉吧？"

这时候，门格尔船长正走到楼舱的梯子上。

"这位就是船长。"奥比内说。

"啊！薄尔通船长，认识了您，我高兴极了。"

吃惊的显然是门格尔船长，他不仅仅是因为看到这位陌

莫名其妙
说不出其中的奥妙。指事情很奇怪，说不出道理来。

生人吃惊，听到人家喊他"薄尔通船长"他更吃惊。

而这位陌生人却继续说下去："请允许我跟您握握手，我前天晚上之所以没有找您握手，那是因为开船时不便打扰您。"

门格尔船长眼睛睁得大大的，看看奥比内，又看看那6号房乘客。

"现在，我亲爱的船长，我们认识了，我们就是老朋友了。请您告诉我，您对苏格提亚号满意吗？"

"什么苏格提亚号呀？"门格尔船长开口了。

"就是这载着我们的苏格提亚号呀，人家曾向我夸奖说，船的物质条件好，热诚的薄尔通船长的照顾又好。"

"先生，我根本就不是薄尔通船长。"

"噢！那么，我现在是在跟苏格提亚号上的大副薄内斯先生讲话吗？"

"薄内斯先生？"门格尔船长开始猜到是怎么回事了，他正准备和他说个清楚，这时候爵士和他的夫人、玛丽都走到楼舱甲板上来了，那6号房乘客一见他们就叫："啊，有男乘客！女乘客！妙极了。薄内斯先生，希望您给我介绍一下……"

说着，他就文雅地向前走去，不等门格尔船长开口，就对玛丽说："小姐。"向海伦叫："夫人。"又转身向格里那凡爵士补一声"先生"。

"这位是格里那凡爵士。"门格尔船长说。

"爵士，"那位6号房乘客跟着就改口，"请允许我自己介绍一下。在船上不能那么太拘礼，我希望我们很快地熟悉起来，我们在苏格提亚号上航行将会是十分**惬意**的，时间也会过得快些。"

海伦和玛丽不知道怎么在邓肯号的楼舱里会钻出这样一位**不速之客**来。

"先生，"爵士开腔问，"我想请教……"

"我是雅克·巴加内尔，巴黎地理学会秘书，柏林、孟买、达姆施塔特、莱比锡、伦敦、彼得堡、维也纳、纽约等地的地理学会通讯员，东印度皇家地理人种学会的名誉会员，我在研究室里研究了二十年的地理，现在想做些实际考察，我要到印度去，把许多大旅行家的从事过的研究继续下去。"

惬意
满意，称心；舒服。

不速之客
指没有邀请突然而来的客人。速，邀请。

悦读品味

船上来了一位不速之客，他把船长和船的名字都搞错了，显然这个人坐错船了，尽管他彬彬有礼地和大家打招呼，可是这一切又显得那么滑稽。其实，这和我们在日常生活中遇到的那些尴尬都一样，如果从一开始就错了，那么之后所做的任何掩饰都只会突出这个错误是多么荒谬。

悦读链接

西方音乐之都维也纳

维也纳的名字是和西方音乐连在一起的，没有来过维也纳的西方音乐大师都算不上真正的大师。莫扎特、贝多芬都曾在此度过多年音乐生涯，他们的名作也都诞生于此。在维也纳，他们的雕像遍布公园和广场，他们的名字被很多街道、礼堂、会议大厅借以命名，他们的故居和墓地也常年被人们参观和凭吊。维也纳金色大厅是西方音乐的圣殿，无数音乐家都以在这里表演自己的作品作为终身梦想。

悦读必考

1. 解释词语。

惬意：_____

热诚：_____

2. 文中成语使用较多，请你把它们找出来，并选其中的一个写一句话。

_____ _____

_____

3. 邓肯号上来了一位不速之客，他的目的是什么？

_____

_____

第六章 / 巴加内尔的来龙去脉

悦读引航

公共交通给我们的出行带来了很多便利，你有没有因为粗心而坐错车呢！是呀，坐错车确实让人很沮丧，因为这会打乱我们的出行计划。下面的故事中，将要给大家讲述的就是糊涂的巴加内尔先生坐错了船，那将会发生一些什么事呢？接着看故事吧！

在听完雅克·巴加内尔介绍后，格里那凡爵士诚恳地向这位不速之客伸出手来，并且说："现在，我们彼此认识了，巴加内尔先生，您能容许我问您一个问题吗？"

"问20个问题都可以呀，爵士，和您谈话我认为永远是一件愉快的事。"

"您是前天晚上登上这条船的吗？"

"是呀，爵士，前天晚上8点钟。我从喀里多尼亚火车上下来就跳上马车，由马车下来就跳上苏格提亚号，我是从巴黎预定了苏格提亚号上的6号房间的。我一到就睡下了，我不折不扣地睡了36个小时，请您相信我的话。"

"那么，巴加内尔先生，您是选定了加尔各答作为您将来在印度的研究旅行的出发点吗？"

诚恳

真心实意的，着重指真诚而恳切，多着眼于对人的态度。

喀里多尼亚

苏格兰的别称。

加尔各答

印度城市名。

037

游览

从容行走观看（名胜、风景）。

格里那凡爵士实在不想看到巴加内尔继续错下去了，他准备告诉巴加内尔这个真相。

惊愕

吃惊而发愣。

"是呀，爵士。我平生的最大的愿望就是游览印度。现在我就要在那个'象国'里实现这梦想了。"

"那么，巴加内尔先生，换一个地方去游览成吗？"

"那怎么成呀，爵士，换个地方太不好了。因为我还带着给驻印度总督慕塞爵士的介绍信呢，我还有地理学界的一个任务要完成呢。"

"巴加内尔先生，"爵士沉默了一会儿之后说，"我不愿让您再继续错下去，至少目前您只好放弃游览印度的计划了。"

"放弃！为什么？"

"因为您正在背着印度半岛航行。"

"怎么，薄尔通船长……"

"我不是薄尔通船长。"门格尔船长回答。

"那么，苏格提亚号呢？"

"这条船不是苏格提亚号！"

巴加内尔先生的惊愕是无法形容的。他看看爵士——爵士始终一本正经的，又看看海伦和玛丽——她们脸上表现出同情和惋惜的神色，又看看门格尔船长——他在微笑，又看看少校——他动也不动。然后，他耸耸肩，把眼镜往额上一推，叫起来："这不是开玩笑吗？"

这时，他的目光忽然落到舵盘上，看见舵盘上写着两行大字：

邓肯号

格拉斯哥

"邓肯号！邓肯号！"他没命地喊了起来。然后，他一溜烟地奔下楼梯，跑到他的房间里。

一系列动作的变化，突出了他惊讶万分的感受。

"我们现在怎么办呢？我们总不能把他带到巴塔戈尼亚去呀。"海伦说。

"为什么不能够？"少校一本正经地说，"他粗心，我们不能对此负责呀。假使他搭错了火车，火车能够为他停一停吗？"

"停是不能停的，不过我们到了下一个停泊的港口，他就可以下去喽。"海伦说。

停泊

（船只）停靠，停留。

"嗯，如果他高兴，他是可以这样做的。"爵士说。

这时候，巴加内尔查明他的行李都在船上之后，既难为情又可怜巴巴地回到舱顶甲板上来了。

这个不幸的地理学家叫起来："我的任务怎么办呢？我还有什么脸再出席地理学会的会议啊！"

"不要急，巴加内尔先生，您不过迟到一些时候罢了。我们不久就要在马德拉停泊，您在那里可以再搭船回欧洲。"

"多谢您，爵士，不过请允许我提个小意见：印度是个好地方呀，这几位夫人一定还没去过印度吧……只要舵盘一转，邓肯

巴加内尔还在幻想说服邓肯号上的人们改变航线去往印度，无奈爵士一行的目的是十分明确的。

号转身回加尔各答航行不是很容易吗？既然是游览旅行……"

大家听了直摇头，他的嘴巴发挥不下去了。

不用几分钟，大家就把全部问题向那位法国旅行家说明了：自上天赐给的文件起，再到格兰特船长的历史，直到海伦夫人的慷慨建议，他都知道了，心里非常感动。

"那您愿不愿意和我们一块去寻访呢？"海伦问。

"那是不可能的，夫人，我要完成我的任务。到了前面第一个停泊的地方，我就得下去。"

"那就是说在马德拉岛下去。"门格尔说。

里斯本

葡萄牙首都。

"那岛离里斯本不过800公里，我就在那里等船再回到里斯本去。"

招待

对宾客或顾客表示欢迎并给予应有的待遇。

"好吧，先生，能招待您在这船上住几天，我感到十分荣幸。希望我们在一起过得快活。"

"啊！爵士，我乘错船了，错出这样惬意的结果米，我是太幸运了！不过说起来真是个大笑话：一个要去印度的人，竟坐上了到美洲去的船。"

他想到这，心里有点纳闷，但也只好耐着性子在这艘船上住上几天了。从此，他显得十分可爱，甚至有时也显出他的粗心。他的兴致特别好，使太太们都很高兴。不到一天的工夫，他就跟每个人交上了朋友。

非洲北部的海流帮助游船很快地驶近赤道。8月30日就可以望见马德拉群岛了。爵士履行他对客人的诺言，让巴加内尔上岸。

"我亲爱的爵士，请问，在我上邓肯号之前，您是不是有意要在马德拉停泊？"

"不。"爵士说。

"我亲爱的爵士，加利那群岛有三组岛可以研究，还有那特纳里夫峰是我一直想攀登的。这是一个机会，我要利用这次机会，在候船回欧洲时，攀登一下这座著名的高峰。"

"完全随您，我亲爱的巴加内尔。"爵士不禁微笑起来。加那利群岛离马德拉群岛不到460公里，像邓肯号这样的快船，简直是个无所谓的小距离。

这样说定了，门格尔船长就把船向加那利群岛西边开去。邓肯号于9月2日早晨5点驶过夏至线。自此，天气变了，是雨季的潮湿而又闷热的天气，西班牙人称为"水季"。水季对旅客是艰苦的，但对非洲各岛的居民是有利的。因为岛上缺少水，全靠雨水供给。这时海上浪头大，人们不敢站在甲板上了。于是大家坐在方厅里，谈得一样起劲。

9月3日，巴加内尔开始整理行李准备下船。他踱来踱

幸亏邓肯号是艘不错的船，要不然又被巴加内尔的临时要求难住了。

夏至线
即北回归线。

041

去，只是摇头。"这是有意和我作对！"他说。

"这样大的雨，您不能去冒险哪。"海伦说。

"我吗？夫人，我绝对能冒这个险。我只怕我的行李和仪器，雨水一打就全完了。"

"也就是下船那一会儿可怕，一到城里，您能住得不太坏。我们希望7~8个月后您能搭船回欧洲。"爵士说。

"7~8个月！"巴加内尔叫起来。

"至少7~8个月，在雨季，这里没有什么船来往。不过您可以想法子利用您等船的时间干点儿事，在地形学、气象学、人种学、测量技术等方面都还有不少工作可干。"

巴加内尔沉默了。

爵士说："您还是将错就错吧！或者不如说，我们还是听从天意吧。天意把文件送到我们手里，我们就出发了；天意又把您送到邓肯号上来，您就不要离开邓肯号吧。"

将错就错

指事情已经做错了，索性顺着错误继续做下去。就，顺着。

"诸位要我说真话吗？"巴加内尔终于开始松口，"我看你们都很想要我留下来！"

"您自己呢？我看您也非常想留下来。"爵士说。

"可不是嘛！"巴加内尔叫了起来，"我是不敢开口，怕太冒昧啊！"

大家一起帮巴加内尔"出主意"。这个家伙倒是很会为自己找台阶下！

悦读品味

荒唐的巴加内尔先生改变了第一次的登陆地点以后，又在去往加那利群岛的途中遇上了雨季，在格里那凡爵士委婉的劝说之下决定留下来和他们一起航行。文中通过语言、神态等细节描写，突出表现了巴加内尔先生这个笑料百出的家伙，他也为旅途增添了不少乐趣。

悦读链接

赤道纪念碑

凡是到厄瓜多尔旅行的人，都要去观赏闻名遐迩的胜迹——赤道纪念碑，这里被看作是"地球的中心"。

赤道纪念碑高约10米，用赫红色花岗岩建成。碑身呈正方形，四周刻有醒目的E、S、W、N 4个英文字母，分别表示东、南、西、北4个方位。碑面上镌刻着西班牙碑文，以纪念那些对测量赤道、修建碑身做过贡献的法国和厄瓜多尔的科学家。下端刻着"这里是地球的中心"的字样。碑顶是一个大型的石雕地球仪，安放的方向是南极朝南，北极朝北。地球仪的中腰，从东到西刻有一条十分清晰的白线，代表赤道线。它一直延伸到碑底部的石阶上，赤道实际环球一周为40075.13公里，从这里可把地球划分成南北两个完全相等的半球。厄瓜多尔人称这纪念碑为"世界之半"，因为每年3月21日和9月23日，太阳从赤道线上经过，直射赤道，全球昼夜相等。

悦读必考

1. 看拼音，写词语。

jué shì　　　　　　lǚ xíng　　　　　　pān dēng

（　　　　）　　　（　　　　）　　　（　　　　）

2. 比一比，再组词。

内（　　　）　　　义（　　　）

纳（　　　）　　　仪（　　　）

度（　　　）　　　州（　　　）

踱（　　　）　　　洲（　　　）

3. 请你写一句话，用上拟人的修辞手法。

_____

_____

4. 巴加内尔先生到底愿不愿意留在邓肯号上呢？请说说你的理由。

_____

_____

第七章 / 南纬37度线

悦读引航

俗话说"计划赶不上变化"。在生活中，本来已经计划好的一件事情，可能会因为对某一个问题的否定而改变原来的计划。看，格里那凡爵士他们也遇到了烦恼，究竟是什么样的事情呢？读下去，就会找到答案。

绕过波拉尔角8天后，船开足马力驶入塔尔卡瓦诺湾，最后停泊在塔尔卡瓦诺港。这时它离开克莱德湾多雾的海面已经42天了。

船一停下来，格里那凡爵士就叫人放下小艇。他带着巴加内尔，划到岸脚下上了岸。这位博学的地理学家想利用这机会说说他那苦学苦读过的西班牙语。但是他说的话，土人

博学

学识渊博。

半个字也不懂，这使他惊讶极了。

一切调查都是白费工夫，最后只好肯定不列颠尼亚号在这里没有留下任何失事的痕迹。他们只好回到邓肯号。

"巴加内尔，凭你的智慧判断一下。我们对文件的解释难道错了吗，这些字的意义难道不合逻辑吗？"

巴加内尔不回答。

"最后，还有indien（印第安人）这个不是更支持我们的论断吗？"爵士又说。

"爵士，"巴加内尔终于开口了，"你的论断别的都正确，可就是这最后一点我觉得不很合理。"

"您的意思是？"海伦问，所有人的目光都转向了巴加内尔。

文件上的空白，我们不应该读成'将被俘于'，而是应该读成'已被俘于'，这样一切都明白了。"

"那是不可能的呀！"爵士说。

"不可能？为什么？"巴加内尔微笑着对爵士讲。

"因为瓶子只能在船触礁时扔进海里的呀。所以，文件上的经纬度必然是指出事地点。"

"你这一点毫无根据，"巴加内尔赶快反驳，"我就不懂为什么那些遇难的海员被印第安人掳到了内地之后，就不能想法丢下一个瓶子，叫人家知道他们被拘留的地点。"

"理由简单得很，亲爱的巴加内尔，要把瓶扔到海里，一定要有海才行。"

"扔到入海的河里不可以吗？"巴加内尔回答。

长途旅行的第一个变数产生了！

一片惊诧的沉默接受了这个意想不到而又合情合理的回答。

"那么，您的意思是……"爵士问。

"我的意思是要先测定南纬37度线穿过美洲海岸的地方，然后沿着这37度线向内地找，不要离开半岛，一直找到大西洋。也许在37度线上我们会找到不列颠尼亚号的船员。"他说着，在桌上摊开一张智利和阿根廷各省的地图。"你们看，"他说，"我们跨过这狭长的智利，越过安第斯山脉那一带高低岩后再下到草原中间。这是内格罗河，这是科罗杜多河，这里是两条河的许多支流，都被南纬37度线穿过，都可以把文件送到海里。在这些地方，格兰特船长他们正在听凭天意等人来营救呢！我们能叫他们失望吗？"

支流

流入干流的河流，也用来比喻伴随主要事物而出现的次要事物。

多么慷慨激昂的话语，大家听了颇为感动。

"好！爵士，就这样！"门格尔船长说。

"先生！"玛丽用发抖的声音感动地说，"您这样仗义救人，不怕冒那么多的危险，我们应该感激您啊！"

"危险！谁说有'危险'？"巴加内尔叫了起来，"而且，我们要做的是什么？不过是做一次仅仅648公里的旅行罢了，我们是沿直线走去的呀，这旅行所遵循的纬度和在北半球西班牙、西西里岛、希腊等地的纬度一样的，而且气候大致相同。这旅行至多不超过一个月，我们等于散一回步啊！"

巴加内尔的专业和乐观精神这时体现出来了。

遵循

遵照。

"我们应该走哪条路呢？"爵士问。

"一条既便当又惬意的路，开始有点山路，然后是安第斯山东面山脚的小斜坡，最后是一片细草平沙的原野，没有崎岖不平的地方，简直是一个大花园。"

"依您说，邓肯号应该在哥莲德角与圣安托尼角之间巡航，是吗？"船长问。

"正是。"

"这一趟远征要哪些人去呢？"爵士问。

"我们不能陪你们一同去吗？"海伦看着爵士，显得不放心的样子。

"我亲爱的海伦，这次旅行想必很快就可以回来，我们不过是暂时的小别呀，而且……"

"是的，我了解，你们去吧，祝你们成功！"海伦说。

动身的日期定在10月14日。当要挑选随行的水手时，个个都争着要去，反使爵士感到很为难，他只好叫他们抽签。抽签结果，大副汤姆·奥斯丁，水手威尔逊和穆拉地抽到了。威尔逊是一条好汉，穆拉地赛过伦敦拳击大王汤姆·塞约斯。他们3人都欢天喜地。

爵士、巴加内尔、少校、罗伯特、奥斯丁、威尔逊、穆拉地都带着马枪和"高特"手枪准备离船。向导带着骡子在水栅那边等着。

大家都到甲板上来了，7个旅行者离开了船。不一会儿，他们就到了码头，游船也在靠近岸边开着，离岸还不到百米。

陆上的行人赶着坐骑沿着海岸进发，邓肯号开足了马

码头

在江河沿岸及港湾内，供停船时装卸货物和乘客上下的建筑。

力，向远洋驶去。

格里那凡组织的旅行队有3个大人和一个小孩。骡夫头子是一个在本地生活了20年的英国人。他的职业就是租骡子给旅客，并引导他们过高低岩的各个山隘。过了山隘，他就把旅客交给一个"巴加诺"，"巴加诺"是阿根廷熟悉草原路途的向导。这英国人整天和骡子、和印第安人在一起，并没完全忘记祖国的语言，他还不至于不能和旅客们交谈。所以，爵士要表达意愿或要求对方执行命令，都获得许多方便。

在这条连接两大洋的路程中没有一个旅社。路上吃的是干肉、辣椒拌饭和在途中打到的野味，喝的是山中的瀑布和平原上的溪水，加上几滴甜酒，这甜酒是每个人都带着的，装在牛角做成的"安缶儿"里面。

天气晴朗，万里无云。虽然是烈日高悬，空气被海风调节得非常凉爽，这一小队人马沿着塔尔卡瓦诺湾的曲折的海岸迅速前进，再南下48公里，就踏上37度线的末端。

骡夫头子发出休息的信号时，大家正到了海湾南端的阿罗哥城，他们直到现在为止还没有离开过那泡沫飞溅的海岸。还要西行32公里，直到卡内罗湾，才到37度线的端点。这一队人马进了城，在一家十分简陋的旅社过夜。

爵士试图打听点有关沉船的消息，但没有得到结果。巴加内尔说的西班牙语居民听不懂，他很失望。他既不能和土人交谈，只好以目代耳。总的来说，阿罗加尼亚人是一个不值得注意的民族，风俗相当粗野。人类所有的坏习惯他们几

职业
个人在社会中从事的作为主要生活来源的工作。

环境描写，描写了当时的天气状况，天高气爽。

信号
用来传递消息或命令的光、电波、声音、动作等。

乎都有，他们只有一个美德，就是爱独立。

第二天早晨八点钟，那一小队人马又向东走上37度线的路。他们穿过阿罗加尼亚的那片到处都是葡萄和羊群的肥沃的地区。但是，人烟渐渐稀少了。

17日，大家按往常的时间和习惯的次序出发。道路比较崎岖些了，地面高低起伏，预示着前面要到山地了，河也多起来了，都随山坡的曲折汩汩地流着。巴加内尔不时看着他的地图。有些溪流地图上漏掉了，他看到某一条河在地图上没有，头上几乎冒出火来：

"一条河没有名字，就等于没有身份证！按地理学的法律上看来，它是不存在的。"

因此，他毫不客气地给那些没名字的河取个名字，在地图上记下来。

傍晚5点，大家来到一个不很深的山坳里歇息，这山坳在那小罗哈城的北边几里的地方，当夜，他们就在山脚下野营，这些山已经是那条安第斯山的最低的阶梯了。

悦读品味

本章节主要讲述了在这次旅行中，巴加内尔先生的推断否定了大家以前的推测，使格里那凡爵士他们不得不改变原来的航行计划，来进行一次徒步旅行。文中恰当地使用语言、神态、环境等细节描写，使故事很生动，引人入胜。

悦读链接

❧ 安第斯山脉 ❧

安第斯山脉是世界上最长的山脉，位于南美洲的西岸，纵贯南美大陆西部，被称为"南美洲脊梁"。安第斯山脉的最高峰是阿根廷境内的阿空加瓜山，但是海拔高度也只有近七千米，远低于珠穆朗玛峰，只达到了喜马拉雅山脉的平均水平。安第斯山脉和北美洲的落基山脉组成的科迪勒拉山系，是美洲板块和太平洋板块挤压形成的，因此这一带地震频发，历史上发生过的智利大地震，震级不低于我国的唐山大地震和汶川大地震。

悦读必考

1. 写出下列词语的近义词和反义词。

暂时：近义词（　　　　）　　　反义词（　　　　）

崎岖：近义词（　　　　）　　　反义词（　　　　）

粗野：近义词（　　　　）　　　反义词（　　　　）

独立：近义词（　　　　）　　　反义词（　　　　）

2. 解释词语。

论断：＿＿＿＿＿＿＿＿＿＿＿＿＿＿＿＿＿＿＿＿＿＿＿＿＿

崎岖：＿＿＿＿＿＿＿＿＿＿＿＿＿＿＿＿＿＿＿＿＿＿＿＿＿

3. 巴加内尔先生否定了什么样的推断？

＿＿＿＿＿＿＿＿＿＿＿＿＿＿＿＿＿＿＿＿＿＿＿＿＿＿＿＿＿＿＿＿

＿＿＿＿＿＿＿＿＿＿＿＿＿＿＿＿＿＿＿＿＿＿＿＿＿＿＿＿＿＿＿＿

第八章 / 危险临近

悦读引航

地震，一个让人不寒而栗的名词。地震，能让建筑瞬间毁灭；地震，让许多人失去亲人；地震，给人类带来很多伤痛的记忆。研究地震发生前的预警，一直是科学家们努力的方向。下面的故事中发生了什么呢？是地震来了吗？让我们走进故事去看看吧！

直到这时为止，横贯智利的人们还没有遇到任何严重的意外。但是现在，爬山旅行难免要碰到的障碍和危险都同时来了，与自然界各种困难作斗争就要开始了。

危险总在人们放松或麻痹时到来。

有个重要的问题必须在出发前先解决：由哪条路可以越过安第斯山脉而不离开原定的路线呢？大家问向导。

向导
带路，带路的人。

"在这一带高低岩间只有两条路可走。"他回答。

"一定是过去曼多查发现的阿里卡那条路，"巴加内尔说，"这两条路不是过于偏北就过于偏南。"

"你能提出另一条路吗？"少校问。

"有，那就是安杜谷小道，它的位置在火山的斜坡上，南纬37度30分的地方。就是说，离我们的预定路线只差半度。"

南纬
赤道以南的纬度或纬线。

"好，这条安杜谷小路，你认得吗？"爵士问向导。

"认是认得的，爵士，这条路我也走过，我之所以没有提到它，是因为它是小径，最多也只能**勉强**通过牧群，是山东麓的印第安畜牧人走的。"

"那么，朋友，牛马能走的地方，我们就能走。既然这条路仍旧在直线上，我们就走这条小路吧。"

从这地方起，路不但很难走，而且很险。山坡的坡度加大了，岩头的小路愈走愈窄，岸下的坑谷深得骇人。骡子**谨慎**地走着，鼻子贴着地，嗅着山路。人们一个一个排着前进。

整整一个钟头，向导可以说是在彷徨着，但总是渐渐进入更高的地带。最后他不得不停下来。那时他们正走进一条不很宽的山谷，一堵云斑石的峭壁，呈尖峰状，拦住了出口。向导找了一阵，找不出路来，于是下了骡子，交叉着胳膊，等候着。

爵士向他走过来，问："迷路了吗？"

"不是，爵士。最后一次地震把这条路堵死了……"

"堵住骡路，却堵不住人路呀！"少校说。

"啊！这要看诸位怎么办了，我尽了我的力量了。如果诸位愿意往回走，我的骡子和我都准备一齐往回走。"

"那不是要耽搁了？"

"至少三天。"

爵士听着向导的话，一声不响。向导当然是按照合同行事。他的骡子不能再往前走了。当向导建议往回走的时候，

勉强

能力不够，还尽力做，不是心甘情愿的；不充足，将就。

谨慎

对外界事物或自己的言行密切注意以免发生不利或不幸的事情。

格里那凡爵士他们在行进途中遇到了麻烦。

爵士回头看着他的旅伴们，问："你们愿意不顾一切地走这条路过去吗？"

"我们愿意跟您走。"奥斯丁回答。

"你不能陪我们走了吗？"爵士转过头问那向导。

"我是赶骡子的呀！"

峭壁
像墙一样陡的山崖。

"我们用不着他陪，到了峭壁那边，我们就可以再找到安杜谷的小路，我保证把你们引到山脚下，不亚于这一带高低岩的一个最好的向导员。"巴加内尔说。

于是爵士和那向导结了账。大家一致决定再往上爬，必要时走一段夜路。在左边斜坡上有一条直上直下的小径蜿蜒着，骡子确实不能通行。经过两小时的疲劳和周折，7个人又走到安杜谷那条路线上了。

蜿蜒
弯弯曲曲地延伸的样子。

早晨五点钟，根据气压表测算，他们已经达到2300米的高度了。这时他们是在二级平顶上，这是乔木地带的尽头。他们已经到达灌木地带了，再爬上250多米，灌木都要让位给禾本草类和仙人掌类了。到了3300米高度的时候，连这些东西也没有了，植物都完全绝迹。

精疲力竭
精神、力气消耗殆尽，形容极度疲劳。

爵士看到同伴们都已经精疲力竭，可是，没有人提议停下来休息，大家继续进发。

又吃力地攀登了两个钟头。爬到最高峰，由于空气稀薄，大家呼吸困难，这种现象叫"缺氧"。这一程攀登的时间过长，弄得大家精疲力竭，眼看都支持不下去了。

这时少校忽然以镇静的语气叫道："那儿有一座小屋！"

全队的人都赶快挤了进去缩成一团。

这小屋是印第安人用土坯建成的。

四壁虽然在雨季挡不住雨，此时却至少可以避一避零下10摄氏度的寒气。此外，屋内还有一个灶炉，土坯烟囱，砖缝用石灰糊严，生火取暖，抵抗外面的寒冷，还是可以的。

细节描写，描述了小屋内的环境。

"总算有个栖身之处，虽然不很舒服，"爵士说，"我们要感谢老天爷把我们引到了这里。"

"还嫌不舒服吗？这是一座王宫啊！只可惜没有禁卫军和朝臣。我们在这里算是舒服极了。"巴加内尔说。

巴加内尔可真够乐观的！

"尤其是灶炉里烧起一把旺火。"奥斯丁说，"我觉得，能找到一把柴比能打到一些野味还要开心些。"

"好呀，我们去找点东西来烧烧。"巴加内尔说。

爵士、巴加内尔、威尔逊走出了那间小屋。这时是傍晚6点钟，虽然没有一丝风，但是，寒气却刺人肌骨。

那地方没有树木可以当柴烧，幸而有一些干枯的苔藓巴在岩石上，他们采集了很多，还有一种植物叫作"拉勒苔"，根可以烧得着，他们也拔了一些。这些宝贵的燃料一拿回小屋里，就放进炉灶，堆起来。火很不容易生起来，更不容易维持不熄。

干枯

干涸；因缺少脂肪或水分而皮肤干燥。

过了一会儿一片吼声自远处传来了。吼声拖得很长，不是一两只野兽，而是成群的野兽向他们这边跑来了。难道老

天赐给他们一个小屋，还要赐给他们一顿晚饭吗？这是那地理学家的想法。但是爵士却抑制了他的兴头，对他说，在高低岩这样高的地带绝不会有野兽出现的。

爵士预感到了危险的临近。

"没有野兽，这声音是哪里来的？"奥斯丁说，"你们听不见声音越来越近吗？"

"会不会是雪崩？"穆拉地问。

"不可能！明明是野兽的吼声。"巴加内尔反驳。

"我们去看看。"爵士说。

"我们以猎人的身份去看。"少校说着，同时拿起他的马枪。

大家都钻出了小屋，夜已经到了，阴森森的，满天星，月亮还没有出来。北面和东西的峰峦都消失在夜幕中，只能看得出几座最高的峭岩像幽灵一般的侧影。

吼声——受了惊的野兽的吼声——愈来愈大，就从高低岩的那片黑暗中涌来，究竟是怎么回事？……忽然，一片东西排山倒海地崩落下来了，但不是雪崩，而是一群受惊的野兽。整个高山都仿佛在颤抖。

夸张地反映了受惊的野兽的强大声势。

涌来的野兽数以万计，虽然空气稀薄，奔腾声、叫嚣声还是震耳欲聋。

这一阵动物的旋风正从他们头上几尺高的地方卷过去，他们赶快伏倒在地上。巴加内尔是个夜瞎症，他站着，要看看究竟是什么东西，结果一眨眼就被弄得四脚朝天。

夜瞎症
即夜盲症。

这时，忽然砰的一声，少校摸黑放了一枪。他觉得有一只野兽倒在离他几步远的地方，而整个兽群乘着不可抑制的势头奔去，响声更高，在那火山一带的山坡上消失了。

大家赶快跑回小屋，借着炉火的红光仔细研究少校一枪的收获——那是一只漂亮的兽，像个无峰的小骆驼：细头、扁身、长腿、软毛，牛奶咖啡色，肚子下有白斑点。

巴加内尔一看就叫了起来："一只原驼呀！"

几分钟后，巴加内尔就把大块的兽肉放在"拉勒苔"根烧成的炭火上。

过了十几分钟，他就把他的"原驼肋条肉"烤成开胃适口的样子，敬给旅伴们吃。大家都不客气地接了，开口大嚼。

但是，使地理学家非常惊讶的是，大家才吃了一口就哇的一声，做出鬼脸来。

"烤得太过火了吧！"少校镇定地问。

"不是烤得太过火，你这爱挑剔的少校啊！是跑得太过了！我怎么就忘记了这一点呢？"

"怎么叫'跑得太过'了呢？"奥斯丁问。

"原驼在休息时打死的才好吃。赶它跑得这么快，肉就吃不得了。我根据它的肉味就可以断定它跑了很远。"

"那么，是什么事会把这群动物吓成那样子？"

"关于这一点，我无法回答。如果你相信我，你就去睡觉吧，别再追问了。"

说到这里，大家都裹上"篷罩"，添上火，各色各样的鼾声都来了。地理学家的鼾声在唱着男低音，伴着全体的大

原驼 一种南美洲野生动物，属于骆驼科羊驼属。

镇定 遇到紧急的情况不慌不乱。

比喻的手法，将大家睡觉的情形烘托了出来。

057

合奏。

只有爵士睡不着，他不由自主地又想起那群野兽朝一个方向逃，又想到它们那种不可理解的惊骇。那些原驼不可能是被猛兽赶着的呀。像这样的高度，猛兽根本不多，要说猎人吧，更少了。是一种什么恐怖把它们赶向安杜谷的深坑呢？格里那凡预感到不久会有灾难到来。

有时候，他仿佛听到一阵远远的、隆隆的、带有威胁性的响声。这种声音只有山腰上距山顶1000米以下起了暴风雨才会有的呀。他看看表，正是凌晨两点。因为他不能确定立刻就有危险发生。所以他让他那些疲乏的同伴们甜睡着，不去叫醒他们，连自己也陷入了一种沉重的朦胧状态，这状态持续了几小时之久。突然，哗啦啦猛裂声响把他惊醒了。那是一种**震耳欲聋**的冲撞声，像无数炮车在坚硬的地面上滚过去一样，爵士忽然觉得脚底下的地面在陷落。

"逃命啊！"他叫起来。

旅伴们都醒了，七颠八倒地滚作一团。

眼前景象真是骇人。群山的面貌都忽然变了：许多圆锥形的山顶被齐腰斩断了，尖峰摇摆摆地**陷落**下去，不见了，仿佛脚下的地面忽然开了门。由于在高低岩山区发生了这样一种特殊现象，整个的一座山，有几英里路宽，在移动，移动，向平原的那面涌过去。

"地震啊！"巴加内尔叫了一声。

地下的隆隆声，雪崩的霹雳声，花岗岩和雪花岩的

震耳欲聋
形容声音很大，耳朵都快震聋了。

陷落
地面或其他物体的表面一部分向里凹进去，陷入。

冲击声，碎了的雪块旋舞的呜呜声，这一切使他们没有任何办法打招呼。有时，那座山无阻滞、无碰撞地向下滑行着；有时，它颠簸起来，前仰后合，左顾右侧，和船在海浪里一样。突然，砰地一撞，无比猛烈，把他们震出了那巨大的滑车。他们被扔向前去，在山脚下的最后几层坡子上直滚。那座滑行的平顶大山轰然止住了。

过了好几分钟，没有一个人能动一动。最后，有一个人爬起来了，但是仍然头昏眼花的，不过身体还站得住——那是少校。他拂了拂那迷眼的灰尘，向四周看了看。他的旅伴们都躺在一个小山窝里，和弹丸落在盘底一样，叠成一团。

少校点点人数：除了一人外，个个都在，都直条条地躺在地面上。那少了的一个人是罗伯特·格兰特。

格里那凡爵士和旅伴们，在少校的急救下，渐渐地**苏醒**过来。好在他们没有其他的损伤。总算从那条巨大的高低岩爬过来了，一直爬到山脚下了。要不是少了罗伯特，大家对于这种乘着自然力，不动脚就能下山的办法，一定都会鼓掌

地震声势浩大，而相比之下人类显得无比渺小。

苏醒
昏迷后醒过来。

称快的。

"朋友们，"爵士几乎声泪俱下地说，"我们非去找他不可！丢了他，我们还有脸见他的父亲吗？为援救格兰特船长而牺牲了他的儿子，这成什么话呢？"

大家顾不得休息了，都爬上高低岩山坡，分别站在不同的高度，开始寻找。

下午快1点的时候，爵士和他的旅伴们都精疲力竭了，于是，又回到原来的山谷中。

爵士万分悲痛，他不说别的话，只是叹息着："我不走了！不走了！"

"我们等等吧。"巴加内尔对少校和奥斯丁说，"我们休息一下吧，恢复恢复体力。不论是再寻找下去还是继续走路，都有休息的必要。"

这一天就这样过去了。夜依然很平静。当旅伴们躺着休息的时候，爵士又爬上了高低岩山坡。他侧耳倾听着，希望能听到呼唤声。他独自一个前探着，走得很远，很高，时时把耳朵贴着地，听着，听着，忍住心头的跳跃，并且用失望的声音呼唤着。

少校想要把爵士从悲痛中解脱出来。他劝说了很久很久，他都仿佛没有听见，只是摇头。但有时他也挤出几个字来："走不走？"

"是的，走。"

"再等一个钟头！"

"好，再等一个钟头。"可敬的少校回答。

一个钟头过去了，爵士又恳求再给他一个钟头。就这样，一个钟头又一个钟头，约莫挨到正午了。这时少校根据全体旅伴的意见，不再迟疑，干脆告诉爵士说非走不可了，全体旅伴的生命都靠他的迅速决定。

"是！是！"爵士回答，"我们走吧！走吧！"

爵士一面说着，一面盯住天空中的一个黑点。突然，他把手举起来。

"那儿！在那儿，你们看！看！"他说。

"一只兀鹰。"巴加内尔说。

"是的，一只兀鹰，它来了！它下来了！等一等！"爵士说。

这只兀鹰看见了什么呢？看见了一具死尸吗？是看见了罗伯特的死尸吗？

少校和威尔逊都已经抓起他们的马枪了。爵士用手势制止了他们。那兀鹰在距他们不到四分之一英里的地方，绕着山腰上一个不可攀登的平岭盘旋，快得令人看着头昏，它的铁爪忽而张开忽而捏紧，冠子迅速地摆动着。

"就在那儿！那儿！"爵士叫了起来。

然后，忽然转了一个念头，又惊叫一声："如果罗伯特还是活着……这兀鹰会……开枪！朋友们！开枪！"

"让我来！"少校说。他眼定手稳、全身不动地瞄准那只兀鹰，这时那只兀鹰已经离他150米远了。但是他的手还没

爵士根据兀鹰的活动范围确定了罗伯特的方位。

有扳动机枪，山谷里就砰地传来一声枪响。

一道白烟从两座雪花岩之间冒出来，那只兀鹰的头中了枪，打着转慢慢下坠，张着大翅膀像个降落伞，好像它并没有放下它的猎物，但是下落时却悠悠扬扬地落到离河岸约10步远的地方。

"落到我们的手里了！"爵士喊着。也不问这一枪是哪来的，他就奔到兀鹰那里，同伴们都跟着他跑。

他们跑到时，兀鹰已经死了。同时，看到罗伯特的身体被它的宽大翅膀掩盖着。爵士扑到罗伯特的身上，把他从魔爪下拖了出来，放在草地上躺着，把耳朵贴到他的胸口上听。

突然，从来没有过比这更响亮得惊人的欢叫声从他的口里发出来："还活着呢！他还活着呢！"

一会儿工夫，罗伯特的衣服被剥掉，大伙儿把冷水浇在他脸上。他动了一动，睁开眼，看了看，慢慢说出话来："啊！是您，爵士……"

爵士不能回答，激动的感情把他噎住了。他跪下来，在罗伯特的身边哭着，他得救真是一个奇迹啊！

罗伯特得救了，大家想到救命的恩人，自然又是那少校先想起来。

他东张西望地在寻找着。在离河50步的地方，一个身材高大的人在山脚上的高岗上站着，一动不动。这人脚边放着一支长枪，肩膀很宽，长头发用皮绳扎着，身高在两米以上。古铜色的脸，眼睛和嘴之间涂着红色，下眼皮涂着黑

罗伯特竟然还活着！多么令人惊喜的消息！

肖像描写，突出了巴塔戈尼亚人的典型特征。

色，额头涂着白色。

　　这巴塔戈尼亚人以十分高贵的姿态在那里等候着，一动也不动，那样庄重。

　　少校一瞥见他就指给爵士看。爵士立刻向那人跑过去，表达了自己的感激之情。他微微地点了一下头，说了几句话，少校和爵士都听不懂。

瞥见

很快地看一下，无意中看到某物。

　　"是西班牙语吗？"爵士用西班牙语问。

　　那巴塔戈尼亚人点点头。

　　"好了，这就是我们的朋友巴加内尔的事了。幸好他想起了学西班牙语！"

　　他们喊巴加内尔。巴加内尔立刻跑来，用西班牙语说道："你是个好人！"

　　那土人侧耳听着，不回答。巴加内尔又说了一遍，土人还是不回答。

　　"啊哈！我博学的朋友，"少校说，嘴唇上泛起一点儿微笑，"你是粗心专家，这次可不是你又粗心大意了？"

　　"是啊！很明显，这巴塔戈尼亚人说的是西班牙语……"

　　"他说的是西班牙语？"巴加内尔说着，在衣袋里东摸西摸，摸了几分钟，才摸出一本很破的书递给少校。

少校接过书，看了看，说："这是什么书？"

"是《卢夏歌》，"巴加内尔回答，"一部美妙的史诗呀，它……"

"卢夏歌！"爵士叫起来。

"是啊，大诗人喀孟斯的《卢夏歌》，一点儿也不差！"

"喀孟斯，"爵士重复了一遍，"啊，我倒霉的朋友，喀孟斯是葡萄牙诗人呀！你六个星期以来学的都是葡萄牙语呀！"

"喀孟斯！卢夏歌！葡萄牙语……"巴加内尔说不下去了，眼睛在大眼镜底下发花，同时耳朵边响起了一阵狂笑，因为所有的旅伴们，都围在他的四周大笑。

那巴塔戈尼亚人眉头皱也不皱一下，他绝对没理解这一幕，只耐心地等候着说明。

"啊！我真是个傻子！"巴加内尔终于说出话来了。

巴加内尔思考一会儿，他居然能和那土人说了几句话，并且知道了那巴塔戈尼亚人的名字叫塔卡夫，就是"神枪手"之意。

旅客们和那巴塔戈尼亚人都回到罗伯特身边。罗伯特

喀孟斯

通常译为卡蒙斯，葡萄牙诗人。

粗心的巴加内尔把葡萄牙语当成西班牙语学习了六个星期。塔卡夫的医术也很不错啊！

向土人伸出两只胳膊，那土人一言不发，把手放到他的额头上。他检查了一下那孩子的身体，捏捏他那疼痛的四肢。然后，他微笑着跑到河边采了几把野芹菜，又用野芹菜擦了擦那小病人的全身。他擦得十分精细，经过按摩，罗伯特就感到渐渐有了气力了。很显然，再休息几个小时就会完全恢复过来。

大家决定当天和当夜都留在这临时的帐篷里，印第安人的帐篷也出现在眼前。在树枝搭成的棚子底下，住着三十多个游牧的印第安人，他们拥有大群的乳牛、牲牛、羊、马。

塔卡夫负责与这些印第安人交涉，很快就成功了。爵士买了7匹阿根廷小马，鞍辔齐全，还买了百来斤干肉和几斛米、几个盛水用的皮桶。看到粮食和马匹，大家都欢呼起来。每个人都饱餐一顿。罗伯特也吃了一点儿，他的体力差不多快恢复了。

至于巴加内尔，一直盯住那印第安人，寸步不离。他居然遇到了一个真正的巴塔戈尼亚人，真是高兴极了。

交涉
跟对方商量解决有关的问题。

悦读品味

本章节主要讲述了大家都以为这次旅途会十分顺利的时候，大地震不期而至了。爵士带领大家找到了失踪的罗伯特。文中描写细腻，恰当地使用比喻、拟人等修辞手法，使文章的语言更加生动形象。通过这篇文章我们也了解了地震发生之前动物的各种反应等自然现象。

悦读链接

《卢济塔尼亚人之歌》

《卢济塔尼亚人之歌》是葡萄牙诗人卡蒙斯的作品，又被译为《葡萄牙人之歌》，是现代的一部非常重要的史诗，被认为是葡萄牙的国家史诗。

作者深受《荷马史诗》的影响，采用了类似《奥德修斯漂流记》的手法，描写了葡萄牙航海家达·伽马绕过好望角、远航印度的故事。

除此之外，诗中还追述了葡萄牙的建国历史：酒神巴克科斯的伙伴卢苏斯远航伊比利亚半岛，在此定居，他的后代就是卢济塔尼亚人。

悦读必考

1. 写出下列词语的近义词和反义词。

迅速：近义词（   ）   反义词（   ）

制止：近义词（   ）   反义词（   ）

2. 解释下列词语。

瞥见：＿＿＿＿＿＿＿＿＿＿＿＿＿＿＿＿＿＿＿＿

交涉：＿＿＿＿＿＿＿＿＿＿＿＿＿＿＿＿＿＿＿＿

3. "这人脚边放着一支长枪，肩膀很宽，长头发用皮绳扎着，身高在两米以上。古铜色的脸，眼睛和嘴之间涂着红色，下眼皮涂着黑色，额头涂着白色。"仿照文中这一段的人物描写，大家也写一段话描写一下你的同桌吧。

＿＿＿＿＿＿＿＿＿＿＿＿＿＿＿＿＿＿＿＿＿＿＿＿＿＿

第九章 / 阿根廷草原

悦读引航

当我们身处困境的时候，有没有坚持下去的毅力和战胜困难的决心，是我们能否走到终点的思想支撑。而爵士一行人遇到的困难远比我们在生活遇到的困难要大得多，他们会做出怎样的反应呢？让我们一起走进故事，去看看格里那凡爵士他们的反应吧！

天气炎热，皮桶里仅存的一点水已经变质了，不能喝了。大家开始渴得难熬。巴加内尔就问塔卡夫有什么意见。

"分成两队，"塔卡夫回答，"我们中间，谁的马又疲又渴，走不动了，就沿37度线这条路慢慢往前走。马还有力气的就赶到前头去，侦察那条瓜米尼河，这条河是流入圣路加湖的，离这里50公里。如果河水够多，他们就在河岸上等候后面的人。如果水没有了，他们就赶回来接后面的人，最好不要再走冤枉路了。"

大家决定让塔卡夫、少校、爵士、罗伯特组成一队去寻找水源，剩下的人由地理学者带领着。

第二天早晨6点，大家分成两队分头开始行动了。

爵士他们穿过的那片盐湖，这种盐地叫作"巴勒罗"，

变质
人的思想或事物的本质变得与原来不同。

形势逼人，大家不得不分头行动。

炽热

形容极热。

形势越来越紧迫了!

塔卡夫有着丰富的打猎经验。

乍一看和冻结的水面一样,但是那炽热的太阳很快地就使人知道那绝对不是坚冰。

爵士的心里不安起来了:干燥的气候一直没变,要是再找不到水,后果真不堪设想。

快到3点时,一条白茫茫的线出现在地形的凹处,日光之下,它在颤动着。

"是水!"爵士大喊。

"是的,是水!"罗伯特叫着。

马和人痛饮之后,他们开始准备吃的和睡觉的地方迎接后面的人。

塔卡夫没有等爵士开口就四处寻找着什么。果然,他在河岸上很幸运地找到一所"拉马搭"———一种关牛马用的三面环墙的院落。

爵士想到打猎来解决吃饭的问题,他知道,瓜米尼河两岸仿佛是附近各平原所有禽兽的聚集区。

兽类是看不见的。塔卡夫指了指那些深草和树丛,表示野兽都在那里面藏着。

我们的猎人只要走几步路就到了世界上最富饶的猎狩区。

不到半个钟头,猎人们收获颇为丰厚。一大串鹧鸪和秧鸡、塔卡夫的鸵鸟、爵士的野猪、罗伯特的犰狳都带回到院落里来了。

三个人只把那些鹧鸪、

秧鸡当作晚饭吃了，把大件头都留给后面的朋友。他们一边吃，一面喝着清水，觉得清水比世界上任何美酒都好喝。

人在渴极了的时候，水对于他们就是最宝贵的财富。

大家高兴了一阵之后，后面的人到了。也许少校要除外，他们都有一个共同感觉：就是渴得要死。过了一会儿，大家都喝够了，就在院子里大吃一顿异常丰富的早餐，肋条肉大家都说好吃，那连壳烤的犰狳更是无上的美味。

格里那凡爵士不愿意在这待太久，早晨10点就发出了前进的号令，把皮桶装满了水之后，大家就上路了。11月2号和3号两天，一路平安无事。3号晚上，他们已经很疲乏了，就歇在判帕区的尽头——布宜诺斯艾利斯省的边界上。他们是10月14日离开塔尔卡瓦落湾的，现在已经过了22天，走了730公里，就是说，近三分之二的路程都已经走完了。

疲乏
因体力或脑力消耗过多而需要休息。

第二天早晨，他们跨过了阿根廷平原区和草原区的分界线。就是在这一带，塔卡夫希望能遇到扣留格兰特船长的印第安人酋长。

塔卡夫几度停下来，观察远处的地平线，每观察一次，脸上就露出很惊讶的神情。

塔卡夫为什么会"惊讶"呢？一定是有了什么发现。

爵士的随从和翻译不在身边，就想直接问他，但是想尽了方法彼此还是不能了解。所以，他远远地一看见巴加内尔就招呼了："快来呀，巴加内尔！塔卡夫和我说话，我们彼此都听不懂！"

巴加内尔就和塔卡夫谈了几分钟，然后转向爵士说："塔卡夫看到一个非常奇特的现象，觉得很惊讶。"

奇特
跟寻常的不一样，奇怪而特别。

"什么现象？"

"就是在这些平原里，平常总是遇到许多印第安人成群结队地走来走去，现在不但遇不到印第安人，连他们过路的痕迹也没法找到了。"

"塔卡夫想是什么原因叫他们不到这些平原上来呢？"

"他说不出原因来，只是惊讶。"

"他原以为在这一带会遇到什么样的印第安人呢？"

俘虏
打仗时捉住敌人。

"想遇到手里有过外国俘虏的那帮印第安人，就是卡夫古拉·卡特利厄尔或者扬什特鲁兹等酋长率领的那帮印第安人。"

"酋长是什么样的人？"

判帕平原
通常译为潘帕斯平原。

"他们30年前是具有无上权威的部落首领，后来被赶到山这边来了。他们在判帕平原上，同样也在布宜诺斯艾利斯省境内游荡来游荡去。他们专在这地区里做强盗，而现在却遇不到他们，我也和塔卡夫一样感到惊讶。"

爵士因这件意外的事而感到很失望。在判帕区里遇不到一个印第安人真是万万想不到的。平时这里的印第安人太多了。一定有个什么特殊情况迫使他们离开这里。更可怕的情况是：如果格兰特船长原在本地区的一个部落里做俘虏，现在他是被带到了北方还是南方？

这个问题意味着寻访可能会陷入僵局。

这问题使爵士踌躇起来。想来想去，还是听塔卡夫的意见最妙：先到坦狄尔村，到了坦狄尔村，至少可以找到能说话的人了。

快到傍晚4点钟时，远远地望见一个丘陵在地平线上，丘陵相当高，在这样平坦的地区里可以算作一座山了。那就是塔巴尔康山，他们在这山脚下过了夜。

丘陵
连绵成片的小山。

第二天，快到正午的时候，有三个人骑着马，带着枪在平原上来回跑着，他们观察了一下这个小旅行队，就用使人难以置信的速度逃掉了。这使爵士十分恼怒。

塔卡夫策马加速前进，他要当晚就赶到独立堡。马在高大的禾木草中飞奔。途中也遇到几座庄户，都是深沟高垒，正屋上有个阳台，庄里的居民都有武器，他们可以从阳台上射击平原里的盗匪。不一会儿，马蹄踏上坦狄尔山的最初的几重草坡了。一小时后，坦狄尔村已经看得见了，它深藏在一个狭窄的山坳里，上面是独立堡的重重城垛。

山坳
山间的平地。

悦读品味

格里那凡爵士这一个团队在寻访的过程中遇到了各种各样的困境，这样的情况无疑是对寻访队友的极大考验，考验着他们的毅力和决心。我们在现实生活中也难免会遇到这样那样的状况，就看我们在遇到困难的时候能否有毅力和决心战胜它们，并取得最后的胜利。

悦读链接

阿根廷的农庄牧场

阿根廷有成千上万个农庄牧场，像一颗颗璀璨的明珠，星罗棋布在碧绿的潘帕斯大草原，这些农庄成了人们旅游和休闲的好去处。

在阿根廷，开办旅游的庄园大多已有上百年甚至几百年的历史，当中有些是普通农家、牧人的宅院，有些则是历史名人、富豪、将军甚至总统的私宅别墅。它们原有的主人来自世界各地，因此庄园的建筑风格也各具特色。

普通农牧业生产者的小庄园展示的则是过去时代普通农村的风貌。这些庄园虽然经历了漫长的历史变迁，但仍基本上保留着原有的历史特色，成为国家重要的历史文化遗产。一些庄园里，不仅保留着原有古色古香的陈设，就连生产设施、仓房、牛栏、酒吧，也是当年旧貌。

悦读必考

1. 看拼音，写汉字。

nán áo　　zhēn chá　　yuān wang

（　　　）　（　　　）　（　　　）

2. 比一比，再组词。

柱（　）　炽（　）　疲（　）　虏（　）

汪（　）　织（　）　疾（　）　虎（　）

3. 格里那凡爵士他们这个团队在寻访的过程中遇到了怎样的困境呢？请简要说明。

_____

4. 试写一段话，叙述一下你在生活中曾经遇到过哪些困难，你是怎么克服的。

_____

第十章 / 可怕的洪水泛滥

悦读引航

在野外生存十分需要智慧！大自然的力量是令人敬畏的，如果人们违背大自然的发展规律，那么就会受到惩罚！看呀，在下面的故事中，大自然就"发怒"了。那么，格里那凡爵士一行人会有什么样的遭遇呢？快到故事中寻找答案吧！

独立堡和大西洋相距约240公里。若无意外耽搁，格里那凡一行四天后就可以和邓肯号<u>会合</u>了。但是，他的寻访就这样全部失败了吗？没有找到格兰特船长而独自回到船上去吗？这样总是十分不<u>甘心</u>。所以，第二天，格里那凡爵士没有心思发出启程的命令，还是少校替他负起责任来。他备了马，办了干粮，定了行程计划。由于他的积极，小旅行队在早晨8点钟就走下了坦狄尔山的青草山坡了。

爵士把罗伯特带到身边，策马跑着，一言不发。他那勇敢的性格不容许他平平静静地接受这种失败。他的心跳得几乎要迸出来，头上热得像火烧一样。

巴加内尔被文件的困难激恼了，翻来覆去地想着文件上的字，企图找出新的解释。少校始终怀着信心，坚定地做着

会合
聚集在一起。

甘心
愿意；称心满意。

爵士此时此刻是多么不甘心就此放弃努力。

073

他应做的事。奥斯丁和他的两个水手都分担着主人的愁闷。

傍晚，旅客们走过了坦狄尔山区，又直奔海岸的那片起伏如波的大平原里了。晚上，他们骑着马一口气跑了65公里之后，在一些深的大小坑旁边歇下来。

第二天，他们继续前行，平原渐渐地变低了，地下的水也渐渐地显露出来。土壤的每个毛孔都在渗出潮气。前进不久，就有大池沼出现了，深的、浅的或正在形成的池沼，拦住往东去的路。只要是边缘看得清楚而又无水草的沼泽，马匹还不难应付。但是一遇到那些叫作"盆荡荡"的流动泥窝就困难了，深草盖住泥面，直到陷下去才发觉到危险。这些泥窝不知道害死了多少人畜了。

大自然经常给人们制造一些伪装性很强但很致命的陷阱。

罗伯特在前头走着，忽然策马回来，叫着："巴加内尔先生！有一片长满牛角的林子！"

这可真是一个奇特的现象！

罗伯特没有说错，走了不远大家就看见一大片牛角地，牛角种得很整齐，一眼望不到边，又低又密，真是奇怪得很。

"真是怪事了。"巴加内尔说着，同时回头问那印第安人。

"牛角伸出了地面，但是牛在底下。"塔卡夫解释。

"怎么？一群牛陷在这泥里？"巴加内尔惊叫起来。

"是呀。"塔卡夫回答。

果然是一大群牛踩了这片土地，陷下去死掉了：好几百条牛闷死在这泥滩里。大家绕过那片死牛滩。走了一个钟头，才把那片牛角田丢在后面2公里远了。

大家都加快脚步。快到两点钟的时候，天上的大雨又**倾泻**而下，热带的大雨倾盆倒泻在平原上。又没有遮蔽的地方，大家只好咬住牙任它淋。"篷罩"上都成了沟渠，帽子上的水好像屋边涨满了水的天沟一样，哗啦啦地往"篷罩"上直倒；鞍上的缨珞都成了水网；马蹄一踩下去，就溅起了很大的水花，骑马的人就在这天上地下的两路大水的夹攻中奔跑着。

他们就是这样，冷透了，冻僵了，疲惫极了，傍晚走到了一所破"栏舍"。这"栏舍"，也只有毫不讲究舒适的人才把它称作住宿处，也只有落难的旅客们才愿意进去投宿。

仿佛上帝守护得很好，一夜平安无事。第二天早晨，他们决定必须以最快的速度前进。因为这关系到全体的安全。

快到早上10点的时候，塔卡夫的马忽然显得十分急躁。它常常把头转向南方那片无边的平坦地带，嘶声渐拖渐长，鼻孔使劲地吸着那激荡着的空气。突然，它猛烈地腾跃起来，塔卡夫虽然不会被掀下鞍子，却也难于控制。

塔卡夫感觉到，如果放下缰绳让它跑，它会用尽全力朝北方逃去的。

倾泻

（大量的水）很快从高处流下。

"涨满、倒"等词语说明这真是一场大雨！动物往往能比人类更早预感到危险的临近。

澎湃

形容波浪互相撞击；比喻声势浩大。

叫嚣

大声叫喊吵闹。

震撼人心的场面描写！

溃决

大水冲开（堤坝）。

马猜到危险，如果人眼还没能看到，至少耳朵已经听到了。果然，有一种隐隐的澎湃声和涨潮一样，从天外飞来。湿风阵阵地吹着，夹着灰尘般的水沫。许多鸟儿从空中疾飞而过，似乎在逃避着某种可怕的灾难。马半截腿浸在水里，已经感到洪流最初的浪头了。不一会儿，一片骇人的叫嚣声，又是牛吼，又是马嘶，乱纷纷地连滚带爬，没命地向北奔窜，快得令人吃惊。

是飞奔的时候了。果然，在南面8公里路远，一片又高又宽的浪潮排山倒海地倾泻到这平原上来，平原立刻变成了汪洋大海。浪头拔起的含羞草在水上漂荡着，构成许多流动的岛屿。这片洪流，劈头就是一排又高又厚的水帘，挟着不可抗拒的威力。

显然，判帕区的一些大河溃决了，也许就是北边的科罗拉多河和南边的内格罗河同时泛滥，汇成了一个巨大的河床。

"快！快！"塔卡夫一直在叫。

大家又加紧催逼各自的可怜的坐骑。马刺擦着马肚子，流出来的血滴在水上，形成一条条的红线。那些马，踩到地上的裂缝几乎要摔跤。它们有时被水底的草绊住了，几乎走不动。马扑倒了，人立刻把它拉起来；又扑倒了，又拉起来。在一切都似乎绝望的时候，忽然听到少校的声音：

"一棵树！"

根本不需要催促。大家都奋力向那棵树冲去。也许马匹达不到那棵树，人至少是可以抓住它而得救的。急流冲着人和马不断地向前。这时，奥斯丁的马忽然长叫一声被水淹没了。奥斯丁急速摆脱马镫，扑到水里开始游泳起来。

淹没

（大水）漫过，盖过。

洪水的大浪头一个接一个。巨浪扑到那几个逃难的人身上。他们连人带马地滚进了一个泡沫飞溅的大漩涡里，迅速不见了踪影。疯狂的波涛翻来覆去地卷着他们。浪头过了的时候，人都泛了上来，赶快互相数一数，但是马匹呢？除了塔卡夫的马，其余的都不见了。

离树只有20米了！大家奋力前进，终于，到了大树那里。真侥幸啊！因为，要不是有了这棵大树，后果不堪设想！

这真是一棵救命树！

此刻，水正涨到树干的顶端，刚好是大树枝开始长出的地方，因此攀附是很容易的。塔卡夫撇下他的马，托着罗伯特首先爬上去，然后又用他那强有力的胳臂把那些十分疲劳的同伴都拉上了树，放在安全的地方。但是那匹名叫桃迦的马被急流冲着，已经很快地漂远了。它的头转向它的主人，抖着它的长鬃毛，嘶叫着呼唤他。

攀附

附着东西往上爬，指投靠有权势的人。

桃迦似乎在和主人诀别！

"你把它丢了！"巴加内尔对塔卡夫说。

"我怎么能丢了它！"塔卡夫高声叫道。

说完，"扑通"一声，他就钻进洪流里去了，离树十米远才露出水面来。他奋力向马游去，最后，他的胳臂在桃迦的颈子上了，连人带马游向北面那一带茫茫的天边漂流。

漂流

漂在水面随水流浮动。

悦读品味

格里那凡团队遇到了大河溃决，如果不是那一棵大树，可能他们都有生命危险。大自然的力量是无穷的，在大自然面前，人类是渺小的。人要与自然和谐相处，尽量保留大自然温柔的一面，而不要去破坏它，激发它暴怒的一面。

悦读链接

科罗拉多河

不少人知道北美洲有一条科罗拉多河，是美国和墨西哥的界河，但是很少有人知道南美洲也有一条科罗拉多河。南美洲的科罗拉多河起源于安第斯山脉东坡，流经智利和阿根廷，注入大西洋，是阿根廷巴塔哥尼亚地区北边界。这条河并不大，水力资源也不丰富，地理位置也不重要，所以很少有人知道它。

悦读必考

1. 给下面的词语注音。

(   )   (   )   (   )   (   )

绵延   冥冥   黝黑   不足为奇

2. 解释下列词语。

澎湃：_____

叫嚣：_____

第十一章 / 可怕的灾难

悦读引航

在我们的日常生活中，会遇到各种各样的困难。面对这些困难你会怎么做呢？接下来的故事中，格里那凡爵士一行人就遇到了意想不到的难题。态度决定事情能否成功，他们会怎样面对呢？

这棵胡桃树成了格里那凡爵士一行人获得安全的地方。罗伯特和威尔逊一爬上树就爬到最高的枝子上去了。远处有一个黑点，几乎看不见了，它吸引着威尔逊的注意。那是塔卡夫和他那忠实的桃迦逐渐消失在天边。

> **忠实**
> 忠诚可靠；真实。

"塔卡夫，塔卡夫朋友！"罗伯特叫起来，向那英勇的塔卡夫远去的方向伸着手。

大家只能祈祷塔卡夫能脱险，他们无能为力。

过了三天，洪水慢慢退去了。可是，整个东边的地平线都是暴雨过后的可怕景象。天空的气层保持着绝对的平静。树上没有一片叶子在颤动，水面没有一条波纹在皱起。连空气都仿佛凝固了，就好像有个巨大的抽气机把天空里的空气都抽掉了似的。高压的电气充满了整个空间，一切生物都感到浑身通了电流似的。

> 这些都预示着更加凶猛的灾难即将到来！

格里那凡、巴加内尔和罗伯特对这些电流同样都有明显的感觉——要起风暴了。

"下去吧，就要打炸雷了！"爵士说。

他和他的两个朋友顺势溜下了那光滑的树枝。

爵士回到少校和三个水手那里，嘱咐他们都把身子绑在用树枝做成的床上，要绑牢固。

果真，不一会儿，雷声响起，并且响声越来越大，威力也就越来越凶猛。如果借音乐来比喻的话，正在由低音转入中音。一会儿雷声锐利起来了，大气团里仿佛有无数的管弦乐器在快速地震奏。空中都是火光，在这火海中辨不出雷声究竟是哪一条闪电发出来的，这些绵延不断的隆隆声彼此响应，一直窜上冥冥的高空。另外有几条闪电分成无数的各种各样的枝干，开始时弯弯曲曲的，和珊瑚树一般，在那黝黑的天空上射出老树形的光条，复杂无比而万分有趣。

不一会儿，由东到北的那一片天蒙上起一大片磷光，十分耀眼。

在那天火交战的最激烈的时候，突然有一个拳头大的火团子落到横伸着的那个主枝的末端上来。火团子落下，转了几秒钟，一声霹雳，轰的一声炸开了，和炸弹一样，一股硫黄气味弥漫在空中。

接着是短暂的沉寂，人们听到奥斯丁的声音在喊："树上起火了！"

爵士一行人赶快避到树还没着火的东边一部分去了。个

080

个都说不出话来，手忙脚乱，慌慌张张，攀援的攀援，跌跤的跌跤，直爬到那些摇摇欲坠的细枝上。

"跳水！"爵士喊。

这时威尔逊被火焰烧到身上，已经跳下水了。但忽然又听到他没命地叫："救命呀！救命呀！"

奥斯丁奔过去，拉着他爬到树干上来："怎么回事？"

"鳄鱼！鳄鱼！"他回答。

这个时候大家才发现树脚被那种最可怕的鳄鱼围满了。它们的鳞甲在火焰照耀下的大片亮光中闪烁着。十几条鳄鱼用可怕的尾巴拍着水，用长牙啃着树。

那些不幸的旅客一看，就感到这次真的完蛋了。不是死在火舌下，就是死在鳄鱼的嘴里。就连那镇静的少校也说了一句："很可能这一切的一切都完了。"

这时，风暴已经进入衰退的阶段了，但是那猛烈的飓风扑到树上来，把这棵大树重重叠叠地裹住了。整棵树从根起，被摇撼着。爵士竟以为鳄鱼用它们强有力的两颚在咬着树，要把树拔起来呢。他和同伴们相互抱着，感到树在往下倒，树根朝上翻了。熊熊燃烧的树枝漫到汹涌的波涛里，发出可怕的嘶嘶声。这只是一秒钟的事情。飓风一卷而过，火又随着风势到别的地方去肆虐了。它沿途吸收着湖水，所到之处仿佛只留下一条空槽。树已倒在水上了，随着风与水双重力量向前漂流着。那些鳄鱼都已经吓得逃掉了，只剩下一只还在往翻起的树根上爬，向前伸着张开的大嘴。穆拉地抓

摇摇欲坠

形容十分危险，很快就要掉下来了。摇摇，摇晃。欲，将要。坠，掉下来。

闪烁

（光亮）动摇不定，忽明忽暗。

这可真是祸不单行！

飓风

发生在大西洋西部和西印度群岛一带海洋上的热带空气漩涡，相当于西太平洋上的台风。

起一根半焦的树枝，狠命地打了它一下，打折了它的腰。那鳄鱼被打翻了，沉入急流的漩涡里，此刻，它那可怕的尾巴还猛烈地打着水。

格里那凡爵士和他的旅伴们摆脱了鳄鱼的危险，爬到火势上风的枝子上去了，这时这棵树载着一团火焰在夜幕中漂流，火焰被飓风吹得越烧越旺，好像一只张着火帆冲锋的船。

那棵树在无边的大湖上漂流了两个钟头都碰不到陆地。吞噬它的那些火焰已经渐渐熄灭了。这次可怕的航行中的最主要的危险已经没有了。少校轻巧地说了一句："现在如果我们能得救，是不足为奇的事了。"

水流仍旧保持着原来的方向，自西南方奔向东北方。树在水流中飞速地前进着，它以惊人的速度向前滑行着，好像树皮里装着一部强大的发动机。看样子，它会继续像这样漂流好几天。然而，快到凌晨的时候，少校却让大家注意到树根有时划到湖底了。奥斯丁折下一个长枝子细心地探测着，证实了水下的陆地是在渐渐增高。

"陆地！陆地！"巴加内尔用洪亮的声音叫起来。

烧焦了的树枝的末端触到了一片高地上。从来没有航海

家遇到陆地会如此的开心过。

罗伯特和威尔逊已经蹦到那片高原上，欢呼起"乌拉"来了。这时，忽然传来一个很熟悉的胡哨声，接着就在平原上响起了马跑的声音，一会儿，塔卡夫高大的身影在夜色中挺立着出现了。

"塔卡夫！"罗伯特叫了起来。

"塔卡夫！"所有的旅伴都异口同声地响应着。

"朋友们！"塔卡夫也在喊。他在那里迎着水头等候着这班旅客，他就知道他们一定会流到这里，因为他自己就是被水头冲到这里的。

这时，塔卡夫两手把罗伯特·格兰特抱起来，搂到怀里，巴加内尔也跑到他的背后抱住了他。

塔卡夫用简简单单的几句话讲述了他的逃难经过，他之所以能够得救，完全要归功于他那匹英勇的马。

大家都加紧脚步，以便当天赶到大西洋岸上的萨拉多湖。到了晚上8点，旅客们相当疲乏了，这时，他们望见许多沙丘，约有40米高，拦住一条泡沫飞溅的白线。不一会儿，涨潮的长号传到耳朵里来了。

"大洋！"巴加内尔叫起来。

"是的，大洋！"塔卡夫应声说。

于是，本来困极了的人们又精神起来，他们以相当矫健的身手爬上了沙丘。但是夜已经很黑，大家的眼睛在那一片阴森的海上找着，却什么都看不出。他们想找邓肯号，找来找

异口同声

指大家说的都一样。

人们重新见到塔卡夫时的兴奋心情。

矫健

强壮有力。

去却找不到。

这一带的海岸险恶、毫无躲避风浪的地方，邓肯号远离海岸而行，这是再自然不过的事了。

少校以沙丘为掩蔽，建成一个野营。大家拿最后的一点儿干粮来做了这次旅途最后的一顿晚饭。然后，每人都学着少校，挖一个相当舒适的洞当作卧铺，把那片一望无际的细沙当作被褥，直盖到下巴，倒下去沉沉地入睡了。只有爵士还不睡，在守着。

一望无际

形容非常辽阔。

天刚破晓，大家都被一阵叫声惊醒了。"邓肯号！邓肯号！乌啦！乌啦！"所有的旅伴都响应着格里那凡，奔到岸头上来。

果然，离岸约4公里远，游船的低帆都好好地裹在帆罩里，以最小的马力慢慢地在航行。

这时塔卡夫把他的枪紧紧塞满了火药，对着游船那边放了一枪。

大家细心听着，特别细心着。塔卡夫的枪连响三次，引起了沙丘里的回声。

最后，游船的腰部冒出一股白烟。

"他们看见我们了！"格里那凡叫起来，"是邓肯号在放炮！"

接着，几秒钟后，隐隐的炮声果然传到岸上来了。立刻，邓肯号掉转帆篷，加大马力，摇摇摆摆，想尽量贴到岸边来。

不一会儿，用望远镜可以看到一只小艇从船上放下来了。

"啊！我立刻就上船！"爵士说。

"耐心点儿，过两个钟头你就在船上了。"少校说。

于是，爵士转过头来找塔卡夫，他正交叉着膀子，带着桃迦在身边，安静地看着那波涛澎湃的海面。

爵士拉住他的手，指着游船，对他说："跟我走吧。"

"不。"塔卡夫又温和地说，同时以一个充满热爱的手势指着那片一望无际的草原。

塔卡夫深深地爱着这片草原。

爵士懂得他是永远不愿丢开那片埋着祖先白骨的草原的。他知道这荒僻地区的儿女们对于故乡是多么热爱。因此，他又握了握他的手，不再勉强他。当塔卡夫带着他那特有的微笑，用"完全为朋友帮忙"这句话来谢绝报酬的时候，他也没有勉强他接受报酬。

爵士很想给这个正直的朋友留下一点纪念，使他永远记起他的欧洲朋友。但是他手边还剩下什么呢？他的武器、他的马匹都在洪水的灾难中丢失了。他的同伴们也是两手空空的。他想怎样来感谢这个热诚向导的帮忙呢？这时，他忽然想起了一个办法：他从皮夹里掏出一个宝贵的小雕像框子，中间嵌着一个小画像，是劳伦斯的杰作，他把它送给塔卡夫。

再珍贵的礼物也表达不了爵士对塔卡夫的谢意。

然后，罗伯特、巴加内尔、少校、奥斯丁和那两个水手都来了，分别都向塔卡夫告别。这些诚实的旅客们现在要离开这样一个英勇而热心的朋友了，他们心中都感到难受，而塔卡夫也用他的长胳臂把大家一齐搂到他那宽阔的胸脯前面。巴加内尔想起塔卡夫常常看他那张南美及两洋的地图，好像对它非常感兴趣，就把它送给他了，这地图是巴加内尔保存下来的唯一宝贵的东西。

大家最后一次和塔卡夫又是握手，又是拥抱，又是热吻。塔卡夫把他的朋友们直送到小艇旁边。小艇又被他推到水上了。罗伯特正要上船的时候，塔卡夫一把把他搂在怀里，最后一次慈祥地看着他。

最后，塔卡夫在晨风中消失了。小艇进入了海面，被落潮拖带着，越来越远。

循着一条直线横穿南美的旅行就这样结束了。回到船上以后，大家都陶醉在重逢的喜悦里。格里那凡爵士不愿意因为寻找失败而使大家扫兴，所以第一句话就是："要有信心！朋友们，要有信心！虽然这次我们寻访失败，但是我们有把握找到格兰特船长。"

为了不使海伦和玛丽失望，这种保证是必要的。

大家一阵拥抱之后，他们把这次陆上探险碰到的若干意外的艰险告诉海伦、玛丽和门格尔船长。

奥比尔宣布开午饭。

眉开眼笑

眉头舒展，眼含笑意。形容十分高兴的样子。开，舒展。

司务长预备的午饭，非常丰盛，大家都吃得眉开眼笑，个个都说好吃，对于劫后余生的他们来说，比潘帕斯草原那个地方的食物美味多了。巴加内尔每样菜都取两份。

席间有个细节被爵士注意到了：船长门格尔坐在玛丽的身旁，对她极其地殷勤。海伦对丈夫挤挤眼，表示"一向就是这样！"爵士看着这对青年男女。他猛地叫了一声门格尔，不过他所问的并不是那回事。

"门格尔，你这次航行的情况如何？"

"很顺利。"船长回答，"不过，我们没有经过麦哲伦海峡。"

船长继续叙述他们的航行经过。船长的叙述结束的时候，爵士嘉奖了他一番。然后，又转向玛丽说："我亲爱的小姐，我发现门格尔很赞成你的那些观点，我想，你在他船上一定不会着急吧。"

爵士用言语试探玛丽小姐。

"怎么会呢？"玛丽回答，眼睛望着海伦，似乎同时也望着年轻的船长。

"啊！我姐姐很喜欢你，船长先生，"罗伯特叫起来，"我也很喜欢你。"

"我亲爱的孩子，同样，我也很爱你们！"船长回答。这话说得这孩子有点儿窘迫，而玛丽的脸上泛起一层红晕。

窘迫
非常穷困，十分为难。

为转变话题，船长接着又说："阁下能把横贯美洲大陆的旅行的详情和我们这位小英雄的事迹说一说吗？"

没有比这更使海伦和玛丽爱听的了。爵士赶快满足了她们的好奇心。他详详细细，一幕又一幕地，把两洋之间的旅行过程说出来。爵士叙述完了以后，又加了句话："现在，朋友们，要想到当前应做的事了。过去的过去了，未来是属于我们的，我们再谈谈我们要找的格兰特船长吧。"

爵士把大家的注意力重新引回到航行的目的上来。

吃完午饭。大家都跑到海伦的小客厅里，围着一张桌子坐下。爵士想要求巴加内尔重新解释那个文件。

巴加内尔接受了这个请求，立刻就讲起来。他把gonie和incli这两个完全不同的字讲得头头是道。巴加内尔有力地把"澳大利亚"（Australie）一词从austral这个字里解释出来，他证明格兰特船长离开秘鲁海岸回欧洲的时候，可能因为船上的机件失灵，被西风漂流打到大洋洲海岸。最后，他那些巧妙的假定和精细的推理，使性格执拗、易被空想所蒙蔽的船长也完全赞同此观点。

执拗
固执倔强。

巴加内尔讲完之后，爵士宣布邓肯号驶向大洋洲。

悦读品味

本章节主要讲述了格里那凡爵士这一个探险团队接二连三经历了巨大的灾难，在告别中再次踏上了寻找格兰特船长的征程。文中比喻等修辞手法和语言描写、动作描写、神态描写、环境描写等的运用，使文章情节跌宕起伏，吸引读者的阅读兴趣。

悦读链接

为什么先看到白烟，后听到炮声

这是因为光比声音要跑得快。光的速度是每秒钟30万千米，而声音在空气中的速度只有每秒钟340米，比光的速度慢太多了。所以，当在距离我们很远的地方开炮的时候，白烟的光线会第一时间出现在我们眼前，而炮声跑到我们耳边就要慢半拍了。

而且，炮声是炮弹在击穿空气时，空气受热膨胀爆破而发出的声音，所以严格地说来，白烟是发生在炮声之前的，我们先看见白烟后听见炮声也就不足为奇了。

悦读必考

1. 连线组词。

祈　　　　　　　　　动

颤　　　　　　　　　祷

凝　　　　　　　　　利

锐　　　　　　　　　固

2. 写出下面词语的近义词与反义词。

窘迫：近义词（　　　）　　　　反义词（　　　）

丰盛：近义词（　　　）　　　　反义词（　　　）

风平浪静：近义词（　　　）　　　反义词（　　　）

3. 请用自己的话叙述本文的主要内容。

_____

_____

4. 请以"信念"为题写一段话。

_____

_____

第十二章 / 探求失踪范围

悦读引航

在旅途中，格里那凡爵士一行人一直困难重重，一直在与死神抗争，稍有松懈，就可能粉身碎骨！在接下来的故事中，他们又遇到了什么困难呢？他们又会怎样面对呢？

12月7日，早晨3点钟，邓肯号的锅炉隆隆响起了，水手转动辘轳，船锚随着吊起来，离开那小港的沙底，回到锚架上，螺旋桨开始转动，船又入海了。8点钟，乘客们登上了甲板，阿姆斯特丹岛已经在天边的云雾中渐渐消失了。这是沿37度旅行的最后一次停泊，距大洋洲海岸还有1620公里，只要西风能维持10天，只要在海上没有什么意外，邓肯号就可以顺利到达目的地了。

云雾
比喻遮蔽或障碍的东西。

维持
使继续存在下去。

然而，这里有个问题。据《商船日报》记载，格兰特船长的最后的消息是1862年5月30日自卡亚俄发出的，怎么不列颠尼亚号离开秘鲁海岸只8天，6月7日便进入印度洋了呢?

这是地理学上无法解释的，难道推论有错?

巴加内尔对这个问题有一个合理的答复，而且持相反观点的人也不可能反对。

但爵士突然提出这样一个问题，巴加内尔立刻把头抬起来，然后一声不响地去找那个文件。他回来的时候，耸了耸肩，仿佛一个人被一个"无所谓的小问题"难住了似的。

一声不响
指一点声音都没有，很安静。

"你耸肩，我亲爱的学者，那就是说这个不成问题的问题出现差错了，既然如此，你总得有个答复吧。"爵士说。

"不要急，"巴加内尔说，"我先向船长请教个问题。一只快艇能不能在一个月内穿过从美洲到大洋洲的太平洋?"

"可以的，如果以每天110公里的速度航行。"

"那么，好了!"地理学家又说，"文件上的'6月7日'几个字空隙比较大，它是不是真的是6月7日呢?假如海水把'7'字前面的一个字侵蚀掉了，原来是'6月17日'或者'6月27日'，问题不就解决了吗?"

侵蚀
逐渐侵害使变坏。

"对呀!"海伦回答，"从5月31日到6月27日……"

"不列颠尼亚号有足够的时间穿越太平洋到达印度洋上!"

原来是少推论了日期造成的，还是巴加内尔聪明!

大家都十分满意地接受了博学的地理学者的解释。

"又弄明白了一点!"爵士说，"还多亏了我们这位朋友的协助。现在，我们只有到大洋洲，在西海岸上寻访格兰特船长的踪迹了。"

"是不是一定在西海岸呢？"船长问道。

"是呀，船长说的对，文件中没有任何**迹象**说明失事的船只在西海岸而不在东海岸。因此，我们寻访目标应放在37度纬线的大洋洲海岸的东西两端。"

迹象
指表露出来的不很显著的情况，可借以推测过去或将来。

"这样不是又有问题了吗，爵士先生？"玛丽问。

"啊，是没有的，小姐。"船长赶快回答。他的话解除了玛丽的**疑虑**。"阁下请注意，假如不列颠尼亚号在大洋洲东岸停泊的话，他应该立刻会得到救援和帮助的。因为这一带几乎全是英国人，住的都是英国侨民。格兰特船长走不了16公里路就可以遇到同胞。"

疑虑
因怀疑而顾虑。

"这样看来，"海伦说，"假如是在大洋洲的西海岸遇难，是不是遇难的船员就没有被救援的可能性了呢？"

"是的，夫人，"巴加内尔回答，"那一带海岸没有一条路通往阿德雷得或墨尔本。如果格兰特船触礁失事了，它不会得到救援，就和在非洲那无情的海滩上**失事**一样。"

失事
发生不幸的事故。

"那么，一登陆以后，格兰特船长怎么办了呢？我猜测有三种可能：或者和他的同伴们到了英国移民区；或者落到当地土人手中；或者在大洋洲中的沙漠中迷失……"

巴加内尔继续说出他的判断。

巴加内尔讲了好长一会儿，突然停住了，看看大家的眼色是赞同抑或反对这种猜测。

"继续讲下去吧，先生。"爵士鼓励他。

推测
根据已经知道的事情来想象不知道的事情。

"首先，"他继续讲下去，"我否定第一种**推测**。格兰特船长不可能跑到英国移民区。否则，他的安全不成问题，早该回到故乡和亲人团聚了。"

"可怜的父亲啊！"玛丽自言自语地说，"他离开我们已有两年了。"

"让巴加内尔先生继续说呀，姐姐，"罗伯特说，"他最后会告诉我们……"

"唉，我的孩子！我不能告诉你们什么确实的情况。我所能断定的，只是你父亲落到大洋洲土人手中做了俘虏，或者……"

"这些土人会不会……"海伦着急了。

"您放心，夫人。"他知道海伦将要说什么。"这些土人虽然未经开化，很愚笨，但是生性温和，不像他们的近邻新西兰岛上的土人那么好杀成性。如果遇难船员被这些土人俘虏过去了，他们绝不会有生命威胁的。这一点，我可以保证。因为所有旅行家异口同声地肯定过：大洋洲土人最怕让人流血，有好几次，旅行家和他们联合起来，打退成群被流放的囚徒的袭击。他们很忠实可靠，而那些囚徒却惨无人道。"

"你听见巴加内尔说了吧？"海伦对玛丽说，"如果你父亲落入土人手中，我们会找到他的，而且那些文件也似乎告诉我们，他是落入到土人手中了。"

"如果他在荒漠里迷失了呢？"玛丽接上一句，询问的眼光盯着地理学家。

"迷失了，我们也会找到他，是不是，朋友们？"巴加

愚笨
头脑迟钝，不灵活。

询问
征求意见，打听。

内尔充满信心地回答她。

"我还要补充一句，"巴加内尔又说，"旅行家在广漠地区迷失的先例并不多。我知道的只有雷沙德一人，现在下落不明。在我动身的前些时候，在地理学会上听说已经找到了他的踪迹。"

他喝了口水，又接着说："1680年在美洲打野牛的浪人头子，横行在南太平洋上的丹别尔，他干了许多年，苦乐参半，侥幸逃脱死亡之后，乘西内号跑到澳大利亚的西北部，他和土人交结上了，对土人的贫穷、风俗、智慧作了完整的描述。"接着，他又列举了一批著名航海家，如菲利普船长、巴斯上校、弗得林中尉等，充分显示了他惊人的记忆力。

第三天，船长在中午测算了一下，就报告邓肯号已经到了东经130度37分的地方了。人们估计四天之后百奴依角便会出现在地平线上。前几天的航行，都有西风的助备。但是，最近几天，风

力有减弱的趋势，现在正渐渐地落下去。12月13日，一点儿风也没有了，船帆紧贴在桅杆上了。

邓肯号要不是装着有力的汽轮机，就会滞留在这无边无际的洋面上。这种无风的问题可能无限期地延续下去。晚上，爵士和船长谈起了这个问题。船长眼见船上的煤要用完了，因此对风力的减弱感到不安。他把船上所有的帆都张起来，连小帆、辅帆都拉上，希望再小的风力也用上。但是，正如水手所说的，连"装满一顶帽子"的风都没有。

船长预料到将有一场猛烈的风暴来临。目前，天上固然看不出什么兆头，但那风雨表不会欺骗他的。通常，天空的气流从高纬度流向低纬度，两地距离越近，水平梯度力越大，风速也就越快。

船长整夜待在甲板上。快到11点钟的时候，南边天空开始出现块块云斑。他把全部水手都调上来，落下小帆，只保留主帆、纵帆、前帆和触帆。半夜，风大了，风力很强，每秒钟以20米的风速前进。

"是起飓风了吗？"爵士大声问船长。

"还不是，不过快要来了。"

早晨1点钟，海伦和玛丽在房内感到颠簸得厉害，也冒险跑到甲板上。这时，风速已达每秒28米，极其猛烈地敲打着缆绳，仿佛在叩击着乐器的琴弦，发出急速的颤动声；辘轳也互相撞击着；绳索在粗糙的索槽里奔突着，发出尖锐的声响；帆布轰咚轰咚地向前后两边飘荡；浪头也高得骇人，冲

在风帆时代，风平浪静可不是好消息。

经验告诉他，接下来将有危险发生。

颠簸
上下震动。

一系列的描写，突出了风暴的威力。

095

打着游船，而游船像只翼鸟在白浪滔天的水花上前进着。

船长很快走到她们面前，请她们回舱。

她们无法抗拒这个近乎恳求式的命令，都回船舱去了。

"卷起主帆！"船长叫道。

水手们各自回到工作岗位上去。吊帆索松了，卷帆索扭紧了，触帆用纤绳拉下来，声音比风声还大。于是，邓肯号的烟囱喷着大股浓烟，蒸汽舱的叶子板轻一下重一下地拍着浪涛，有时叶子板直翘出水面。

忽然听到一片震耳欲聋"嘶嘶"的声音，比风暴的声音还高。蒸汽猛烈地喷射出来，报警的汽笛异乎寻常地狂叫着。游船猛地一歪，倾斜得吓人，威尔逊正扶着舵盘，猛不防被舵杆打倒了。邓肯号横对着浪头，失去了控制力。

形势万分危急。

此刻不是抢修这意外损失的时候，蒸汽机不转动了，蒸汽从活门跑出，不再发生作用了。因此，船长只有利用船帆，从那成为自己危险敌人的风找帮助。

这时候，门格尔船长没有浪费一秒钟，他尽力想方设法把船从险境中解脱出来。他决定用微帆航行法以免船被吹得偏离航线。因此，船上就得升起一些帆面，并且斜拉着，让它侧面受风。于是，人们把前帆张起来，缩小帆脚，又在次要的桅杆上张起一面三角帆，舵柄对着下风舷。

夜就在这样的情况下度过了。人们希望天亮时风暴会减弱下去，但是希望落空。快到早晨的时候，狂风比以前更猛烈，变成飓风了。

果然如船长所说，飓风来了！

于是，邓肯号在一块小帆布的作用下被拖带起来，它开始以无法计算的速度飞驶着。

12月15日，一天一夜就在这样的险境中度过的，一会儿给人以希望，一会儿又让人失望了。船长半刻也没离开自己的岗位，一点儿东西也没吃，虽然表面上保持冷静，但是内心却惊慌失措，那双眼睛一直盯着北方的朦胧雾影。

船长找到爵士，和他做了一次特别谈话。他毫不**掩饰**地说明了当前的处境。他是个不怕牺牲的海员，会无比镇静地面对现实。最后，他说也许不得已而为之，让邓肯号向海岸撞去。

掩饰
使用手法来掩盖（缺点、错误等）

"为了救人，你看怎么办就怎么办好了。"爵士说。

"海伦怎么办？玛丽怎么办？"船长又说。

"门格尔，"爵士轻声说，"我设法救我的妻子，救不成就一同死；你负责玛丽小姐吧。"

爵士已经做好了最坏的打算！

"就这样吧，阁下。"船长回答，拉着爵士的手贴在自己眼泪汪汪的眼睛上。

邓肯号离暗滩更近了。当时潮正高，本来船底有足够的水时载它过**暗滩**是可以的。可是，浪太大了，把船向上一抛，又向下一放，必然使船体后部触礁。没有办法使浪头低点儿，水流得平滑点儿吗？总之，能让这带狂澜平静点儿就行。

暗滩
不露出水面的石滩或沙滩。

最后，船长想到一个办法。

"油！"他大叫起来，"朋友们，倒油！倒油！"

船长的经验再次起了关键作用！

这句话的含义船员们立刻明白了。这正是通往成功之路的计策：狂浪的上面如果盖上一层油，狂浪就会平息下去，这层油在水上漂着，可以使浪头润滑，因而减少激荡。这办法见效快，但效力消失得也快。在人为的平静海面上一条船驶过后，狂浪比以前涌得更厉害，有可能给后来船只以致命威胁。

船长一声令下，油桶一齐倾倒了，油汩汩地涌出木桶来，顿时那片油竟把那白浪滔天的海面压下去了。邓肯号在压平的水面上一晃而过，一眨眼的工夫，驶进了那片平静的水域。这时，船后面的洋面挣脱了油层的**束缚**，翻滚得更加汹涌澎湃了。

束缚

使受到约束限制，使停留在狭窄的范围里。

邓肯号在惊险中狂奔了很长时间，现在总算有个安乐窝了，这海湾被三面的尖峰环抱，挡住了从海上吹来的狂风。它此刻在东经136度12分和南纬35度7分的地方，地名叫灾难角，在澳大利亚的南端，距百奴依角160公里。

爵士和船长商量决定：邓肯号继续张帆前行，沿着大洋洲海岸寻访格兰特船长的踪迹，到百奴依角停下来，或许能得到一些重要线索，然后再次南行，直抵墨尔本；在墨尔本很容易修理损坏的船只的。蒸汽机一修好，邓肯号就沿着东海岸搜索，来完成这一连串的寻访工作。

即便遇到再大的风险，也不放弃寻找格兰特船长的目标。

这个建议得到大家的支持。船长决定风一顺便开船。

他们等候不久，飓风便完全停止了，接着便是一场可利用的西南风。大家只好做好开船准备工作，新的帆又上了桅杆。早晨4点钟，水手们转动**辘轳**，船渐渐离港了。邓肯号撑

辘轳

利用轮轴原理制成的一种起重工具。

起它的主帆、前帆、顶帆、辅帆、纵帆、樯帆急驶着，它尽量靠岸，帆索扣在右舷上，借着大洋洲海岸的风力前行。

两小时后，灾难角不见了，船正横流在探险家海峡。

12月18日一整天，游船都张着帆前行，和一般的轻快帆船一样快。

巴加内尔的推测——瓶是由内河流到海里的，在美洲说得过去，移到大洋洲来就不合逻辑了。关于这个问题，少校曾提出讨论过，巴加内尔也承认他的推测在这里不适用。因此，文件里的纬度数只能是指沉船的地方，也就是说，那瓶子是格兰特船长在大洋洲西海岸撞毁的地点丢下海去的。

然而，正如爵士所说的，这种肯定的结论和格兰特被俘的假定并不矛盾。这一点，甚至船长也早已预料到了，他在文件里写着："将被俘于野蛮的当地土人。"但是，这样一来，找那几名俘虏，只是沿着37度纬线找，而不涉及其他地方，是毫无道理的。

这个问题讨论了很久，最后得出结论：如果在百奴依角找不到不列颠尼亚号的线索，爵士只好回欧洲了，他的寻访虽然没有成功，但没有功劳也有苦劳吧。

这个决定免不了使大家十分丧气，尤其格兰特姐弟二人感到很失望。

距岸不到200米了。百奴依角伸入海内3公里长，角的尖端是坡度缓和的山坡。大家划小艇到这个天然良港，它是一群珊瑚礁围合而成。

邓肯号上的乘客顺利地登上了岸，这片陆地无比的荒凉。

悦读品味

邓肯号上的人们为了寻访格兰特船长，接二连三地遭遇到了几乎灭顶的灾难，并伴随着推翻以前的推论，另辟蹊径，过程是何等的艰辛曲折呀！但是他们一直都没有放弃。在我们的学习生活中，我们也应该学习他们的这种精神，面对困难不轻言放弃，只要有这样的信念，光明就在我们的前头！

悦读链接

飓　风

飓风指大西洋和北太平洋东部地区形成的强大而深厚的热带气旋，其意义和台风类似，只是产生地点不同。飓风和台风都是指风速达到33米/秒以上的热带气旋，只是因发生的地域不同，才有了不同名称。生成于西北太平洋和我国南海的强烈热带气旋被称为"台风"；生成于大西洋、加勒比海以及北太平洋东部的则称"飓风"；而生成于印度洋、阿拉伯海、孟加拉湾的则称为"旋风"。

悦读必考

1. 给下列词语注音。

（　　）　　（　　）　　（　　）　　（　　）

　　丧气　　　逻辑　　　撞毁　　　辘轳

2. 比一比，再组词。

缚（　　　）　　湃（　　　）　　辘（　　　）　　礁（　　　）

搏（　　　）　　拜（　　　）　　麓（　　　）　　樵（　　　）

3. 造句。

津津有味：_____

_____

奄奄一息：_____

_____

4. 同学们，在本文中邓肯号上的人们遇到了哪些困难？

_____

_____

5. 同学们，你在生活中遇到困难时，轻易放弃了吗？为了克服困难，你都做了哪些努力？

_____

_____

第十三章 / 遇难船员艾尔通

悦读引航

　　"天无绝人之路"，这句话想必大家都听说过吧，"柳暗花明又一村"也是大家耳熟能详的诗句，这两句话里都有希望的含义在里面。只要我们不放弃，不抛弃，相信事情总会有转机的！这不，格兰特船长又有消息了！

风磨意味着有人在这里生活。

和蔼

性情温和，态度可亲，让人心里感到温暖。

　　"一个风磨！"罗伯特大叫道。

　　果然，2公里外，一个风磨的翅膀在风中转动着。

　　这时，四只大狗吠叫起来，向主人报告客人的光临。一位50岁上下、面容和蔼的长者从堂屋里出来，后面紧跟着五个健壮的儿子和他的妻子。人们一望便知，这位长者是爱尔兰的海外移民。他在本国受够了苦难，所以远涉重洋，来此地谋生，求幸福。

　　爵士一伙人还没来得及说明来意及身份，已听到热诚欢迎他们的话了："外地客人，欢迎你们来奥摩尔家做客。"

　　这样恳挚的邀请只有不客气地接受了。海伦和玛丽由奥摩尔太太领进屋里，同时，孩子们替他们卸下武器。

　　这所房子完全是木式结构，在屋子的楼下，是一间宽敞而明亮的大厅。午餐摆好。中间是热气腾腾的火锅，两边是烤牛肉和羊腿，四周是一些水果。

大家吃得称心，便开始畅所欲言。苏格兰和爱尔兰近在咫尺，两个岛上的人一握手就是一家人。

奥摩尔靠他的农业经验，省吃俭用，以第一"份"土地的盈利又买了几"份"土地。所谓"份"，指的是澳大利亚政府将土地划分成"份"，定价售给农民。每份大约80英亩。他的家庭兴旺，农场也兴旺，渐渐地变成农场主了。虽然他经营不到两年，却已经有了500亩土地和500头牛羊。过去曾在欧洲被当作奴隶的人，现在自己成了自己的主人，并享受着世界上最自由的国家里的民主和待遇。

客人们听了奥摩尔的自述之后，都衷心地祝贺他。

另一方面，爵士急于要说的是，为了寻访不列颠尼亚号，他才不辞劳苦地到百奴依角来。他是个开门见山的人，所以首先问奥摩尔有没有格兰特船长的消息。

奥摩尔的回答并未给人带来好消息。他从来没有听说过这个名字。两年来没有一只船在这里的海岸或百奴依角出现过。不列颠尼亚号出事才两年啊，因此，他绝对有把握肯定遇难船员没有来西海岸。

"现在，爵士，"奥摩尔又补充一句，"请问那失事的船只和你有什么关系？"

于是，爵士讲述了捕捞文件的经过、游船的旅程及寻访船长而做出的种种尝试。他毫不隐讳地说，他满心的希望因

对于在海上颠沛流离的人们来说，这是多么美味的午餐啊！

衷心

出于内心的。

开门见山

比喻说话或写文章直截了当。

为听到主人那斩钉截铁的回答变成了泡沫。

希望再次落空！

　　这些话当然给在场的所有人一种痛苦的感觉。这时，他们忽然又听到一句话："爵士啊，感谢上帝吧。如果格兰特船长还活着的话，他一定生活在澳大利亚大陆上！"

　　"是谁说的？"爵士问道。

　　"是我，艾尔通。和您一样，爵士，是苏格兰人，而且还是不列颠尼亚号上的一个遇难船员。"在桌子那端有个农场工人回答。

　　艾尔通大约45岁，一副严酷的面孔，一双深陷却炯炯有神的眼睛。他一定有非凡的气力，虽然很瘦。他浑身筋骨可见肥肉与他似乎无缘，中等身材，肩膀宽大，举动坚决，面容严酷，神色充满了智慧和毅力。这一切使人一看便产生了好感。他似乎最近还受过苦难，这苦难在他脸上烙下的印证更增加了别人对他的同情心。他是一个不仅能吃苦，而且能战胜苦难的人。

外貌描写，这段详细的描写让艾尔通这个形象活灵活现。

　　接着，在艾尔通的讲述中，大家知道了不列颠尼亚号的一些简单情况：

不列颠尼亚号在1862年5月30日离开卡亚俄港，准备由印度洋取道好望角回欧洲大陆。在一场大的暴风雨后，船到了澳大利亚的东海岸不久，船就撞岸沉没了。艾尔通被浪头打到一个珊瑚礁上，晕了过去。苏醒过来以后，他已落到土人手中。当他被带往内陆后，再也没有听到不列颠尼亚号的消息。关于格兰特船长的叙述到这里就结束了。

这段叙述引起不止一次的惊呼，没人怀疑水手长所说的事实。有了文件，再加上艾尔通的个人经历，对于这次寻访就更具有现实意义，这一切充分证明格兰特船长及他的同伴没有葬身海底。

艾尔通的讲述再次燃起了希望之火。

人们很合理地推测到那三个人的遭遇，所以大家又请艾尔通叙述一下他在内陆的情形。这段叙述很简单，很通俗。

叙述
把事情的前后经过记载下来或说出来。

艾尔通成了土人的俘虏之后，过了两年艰苦的奴隶般的生活，但他的心中依然怀着恢复自由的希望。尽管逃跑会遇到很多危险，但他还是不放过任何一个逃跑机会。

1864年10月的一个夜晚，他趁土人防备不严，跑到原始森林里躲了起来。最后，才来到奥摩尔这个善良的人家里，以劳动换得幸福生活。

爵士让大家展开讨论，根据目前情况，应该怎样制订下一步的寻访计划。

少校转向艾尔通，问道："你说你是格兰特船长的部下，有什么证明吗？"

"这还用说！"艾尔通拿出了一份证书。这证书是船主和格兰特船长共同签署的，玛丽认出是父亲的笔迹。证书上写着："兹派一级海员汤姆·艾尔通为格拉斯哥港三桅船不列颠尼亚号上的水手长。"

签署
在重要文件上正式签字。

征求

从书面或口头询问的方式访求。

"现在，"爵士说，"我**征求**大家的意见，今后将怎样做的问题。艾尔通，你的意见是非常有用的。如果你再给我提些建议，我们将十分感谢。"

艾尔通说："船长和那两个伙伴既然从那场惨祸中逃脱出来，没有跑到英国的属地，现在又无任何消息，就不得不怀疑和我遭遇一样，被土人掳去了。"

"你有什么好主意呢，艾尔通先生？"海伦问艾尔通。

"我要做的话，夫人，"艾尔通相当快地说，"直接驶到出事地点去。到那儿再见机行事，这样，或许可以找到一点线索，然后再**斟酌**处理。"

斟酌

考虑事情、文字是否可行或是否适当。

爵士说："只是要等邓肯号修好了才成。"

"那么，让它先去维修好了，"巴加内尔叫起来，"我们不坐船去吐福湾了。横贯澳大利亚和横贯亚美利亚一样，我们沿着37度纬线走就行了。"

"但是邓肯号呢？"艾尔通问，显得格外关心。

"等邓肯号修好后，去接我们。有谁反对这个计划？少校怎样？"

横贯

横着通过去。

"我不反对，"少校回答，"只要**横贯**澳大利亚是可行的话。"

"老实地说，我亲爱的阁下。这只有580公里的路程，一天走30公里，半个多月就走完了，和修好邓肯号所需时间差不多。这趟旅行，如果大家愿意的话，可以坐轻快的马车，也可以坐土车，坐土车更有情调，等于从伦敦到爱尔兰去游览一番一样。"

"你的意思如何，夫人？"爵士问。

"我同意大家的意见，我亲爱的爱德华。"海伦夫人回答完，又把头转向大家说，"上路吧！朋友们！

悦读品味

在躲过危险而登上陆地之后，大家见到了艾尔通，他向格里那凡爵士一行人提供了有用的情报，大家再次踏上寻访之路。对于艾尔通这个人，从他的外貌和提供的各种证据、证言来看，似乎是一个值得信赖的人，但是有时候，真正的坏人是隐藏得非常的深的，需要大家凭借自己的智慧去仔细判断。

悦读链接

好望角

好望角位于南非共和国南部。强劲的西风急流掀起的惊涛骇浪长年不断，这里除风暴为害外，还常常有"杀人浪"出现。这种海浪前部犹如悬崖峭壁，后部则像缓缓的山坡，波高一般有15～20米，在冬季频繁出现，还不时加上极地风引起的旋转浪，当这两种海浪叠加在一起时，海况就更加恶劣。而且这里还有一很强的沿岸流，当浪与流相遇时，整个海面如同开锅似的翻滚，航行到这里的船舶往往遭难，因此，这里成为世界上最危险的航海地段。

1487年8月，葡萄牙航海家迪亚士将其命名为"风暴角"。而葡萄牙国王若奥二世认为绕过这个海角，就有希望到达梦寐以求的印度，因此将"风暴角"改名为"好望角"。

悦读必考

1. 看拼音，写词语。

　　　　hé ǎi　　　　jiàn zhuàng　　　　kěn zhì

　　（　　　　）　　（　　　　　　）　　（　　　　　）

2. 比一比，再组词。

　　贺（　　）　讳（　　　）　蔼（　　　）　邀（　　　）

　　驾（　　）　伟（　　　）　霭（　　　）　激（　　　）

3. 仿写句子。

　　爱心是一律照射在冬日的阳光，爱心是一泓出现在沙漠里的清泉，爱心是一首飘荡在夜空的歌谣。

　　_____

　　_____

4. 在大家登陆之后，向格里那凡爵士提供了有用信息的人是谁呢？他都说了什么？

　　_____

　　_____

第十四章 / 向澳大利亚进发

悦读引航

　　俗话说，"知人知面不知心"。在日常生活中我们会遇到形形色色的人。这不，格里那凡爵士遇见的这个叫艾尔通的人是个怎么样的人呢？他真像自己表现出来的那样是个好人吗？他们又会发生怎样的故事呢？走进故事去看看吧！

　　爵士做事一贯雷厉风行，决不浪费时间。巴加内尔的建议一经接受，他就立刻吩咐做好旅行的一切准备，就在第二天出发了。

　　大家欢天喜地地回到船上，一切情况都转变了，任何顾虑也没有了，这些勇敢的寻访者不用在内陆瞎摸索了，每个人心中都充满了获得信心的愉快。如果一切进展顺利的话，两个月之后，或许邓肯号就能把格兰特船长送到苏格兰海岸登陆了！

多么鼓舞人心的希望啊！

　　当门格尔船长支持横贯大陆旅行的建议时，他认为旅行队中一定少不了他。所以，在和爵士商量行动计划时，提出种种理由坚持要去。爵士只能答应了。

　　门格尔船长负责和奥摩尔商量组织交通工具的事。奥摩尔和门格尔船长意见是一致的：就是女客乘牛车，男客骑马。农场主可以提供车子和牛马。门格尔船长把一切安排停当后，就带着奥摩尔一家来到船上。

艾尔通则相反，这位水手长对这条游船从航行的角度做了一番考察。他一直参观到船腹，看了看机器，问了问机器的马力和耗煤量，又去了煤舱和粮舱；他特别关心武器间，了解了大炮的性能和射程。门格尔船长听了他那些专业方面的谈论，知道艾尔通是个内行人。

少校的直觉告诉他，艾尔通并不可信，但是又没有直接的证据，只能归咎于偏见和嫉妒。

少校总觉艾尔通的面孔和举止不对劲，这也许是偏见和嫉妒在作怪。

席间，艾尔通对他所熟悉的这片大陆做了许多有趣的介绍。他问爵士带多少水手在大陆上旅行。他一听只带穆拉地和威尔逊就表示惊讶。他劝爵士再找几个。对这一点，他甚至一再坚持。这样的坚持，应该使少校对他的反感完全消除了。

天色已晚，艾尔通和奥摩尔全家回到了他们的庄园。车马都应该为明天准备好，启程时间是明早八点钟。

启程
起程，上路。

行李派人送往农庄，一只小艇在下面等着，船长对大副奥斯丁做了最后一次吩咐。叮嘱他一定要在墨尔本等候命令，并且不论在什么情况下都得执行。

马鞍备齐，长叫嘶鸣。爵士结完账目，付了一切购置费用，还说了许多感谢的话。那位爱尔兰移民觉得这话比金钱还珍贵。

有什么比客守异乡而遇到故乡的朋友更开心的呢！

启程信号一发，海伦夫人和玛丽小姐上了"卧车"，艾尔通爬上御座，奥比尔钻进后车厢，其余的人都跨上马。随着牛马的嘶鸣，车轮滚动了，车厢板咯吱咯吱地响起来，不一会儿，路一转弯，那诚实好客的爱尔兰人的农庄就不见了。

爵士一行人，一路上遇到了不少事情，但好在有惊无险。就这样过了很多天，这一天夜里两点钟，天空中乌云翻滚，电闪雷鸣，下起了滂沱大雨。帐篷挡不住雨水，男客们只好躲到牛车中来了。大家都不能睡，只好随便谈论点家常琐事，唯有少校默默无言，静静地听着。

爵士最关心的是车子，把车子弄出烂泥坑是当务之急。他们去看了看那笨重的车子，稀泥粘住了半个车轮，要想弄出来真不容易，牛马和人的力量都加上去，也不算多。

艾尔通跑到昨天牛马吃草的地方，没有了牛马的影子，顿时大吃一惊。这些牲口都拴着缰绳的，不会跑很远的。

于是，大家分头去找，结果一无所获。一个钟头过去了，爵士正从离车子一公里远的地方往回去，突然听到了一声咕鸣，同时，又听到了牛叫声。

"牲口在这里！"

不一会儿，大家跑过去，顿时目瞪口呆。原来两头牛三匹马躺在地上，没气了，尸体已僵冷了。

一群黑老鸹在树上呱呱地叫，窥伺着即将到口的美餐。爵士和旅伴们相对无言，只有威尔逊忍不住破口大骂。

艾尔通解开牛缰绳，穆拉地解开马缰绳，大家沿着弯弯曲曲的河岸走了回来。

滂沱

（雨）下得很大。

当务之急

当前任务中最急切要办的事。

缰绳

牵牲口的绳子。

牛马本来好好的，怎么无缘无故都死了呢？没有了牛马，旅行队要怎样走呢？

鞭策

比喻严格督促使进步。

这时，艾尔通一心想把牛车拖出泥坑，又鞭策牛马再来尝试一次。爵士却制止住了他。

过了一会儿，旅伴们吃完早饭，恢复一下精神，便开始讨论了。

首先，要测定一下宿营地点的准确方位。这任务自然非巴加内尔莫属。他仔细计算了一下，报告说，现在旅行队在南纬37度东经147度53分的地方，在斯诺威河岸。

大家一致主张，立刻向离这里大约120公里的吐福湾海岸出发。

"这条斯诺河很宽吗？"海伦夫人问。

"又宽又深，夫人，"艾尔通回答，"宽大约16公里，水流湍急。最好的游泳健将也难说能安全过河。"

湍急

水势急。

"我们砍棵树，刳一刳，做个小船，漂过去，不成了吗？"罗伯特毫不怀疑地说。

"罗伯特说得不错，我们最后的'看家本领'只有这一样了。我觉得用不着再浪费时间做无意义的讨论了。"船长又发表了自己的看法。

"你觉得如何？"爵士问艾尔通。

艾尔通的建议有着怎样的意图呢？吊足读者胃口，吸引读者读下去。

艾尔通以镇静而满怀信心的语调说了下面一番话："我们现在既然毫无办法，也不想去斯诺威河那边冒险，那么我们就应该等人家来帮助，而帮助我们的人只有向邓肯号上找人。因此，我们暂住此地，幸好粮食还充足，派一个人去给大副奥斯丁送信，叫他把船开到吐福湾来。"

大家对这突如其来的建议，都十分惊讶。

"在派人去送信的时候，"艾尔通接着说，"万一斯诺威河水势减小，我们可以找个浅滩过去，万一要坐船过去，我们也有时间做木船。以上是我的建议，请诸位考虑。"

"好的，你的意见的确值得好好考虑一下，"爵士说，"这个计划最大毛病就是要耽搁我们的行程，不过它可以使我们休养生息，避免一些可能会发生的危险。大家意下如何？"

"请你也说说，少校先生，"海伦夫人这时插嘴说。"你怎么变得沉默寡言了。"

"既然点名叫我，"少校回答，"我坦诚地说，我觉得艾尔通是个又聪明又谨慎的人，我完全同意他的建议。"

大家没有料到少校为什么这样爽快，以前他总是反对艾尔通的计划，就连艾尔通这时也感觉到有点奇怪。本来其他人就是准备支持艾尔通的建议的，少校都同意了，他们自然毫不犹豫地赞成了。因此，爵士在原则上采用了艾尔通的建议。

"为稳妥起见，我们应该暂时停留一下在河边宿营吗？"爵士又补充一句。

"我觉得这样比较稳妥，"船长回答，"如果我们过不去这条河，送信人也过不去啊！"

大家又看看艾尔通，他像有绝对把握似的微笑了一下。

突如其来

出人意料的突然出现。

沉默寡言

不声不响，很少说话。

连对艾尔通怀有疑心的少校都赞成这个提议，真令人意外。

宿营

军队在行军或战斗后住宿。

"自然会有办法！"艾尔通说。

"有什么法子？"船长问。

"回到由卢克诺通往墨尔本的那条大路上不就成了吗？"

"徒步400公里吗？"船长叫起来。

"当然不会，还有一匹健康的马哩。这段路跑不过两天，再加上邓肯号由墨尔本开到吐福湾需要4天，24小时后由吐福湾可以到此地，总计一星期后，我们就可以得救了。"

提到去送信的人选，威尔逊、穆拉地、门格尔、巴加内尔，乃至小罗伯特都立刻挺身而出。

门格尔船长要求特别坚决，愿意前往。艾尔通一直未说话，现在终于开口了："阁下，如果信任我的话，还是我走一趟吧。我在这一带跑惯了，路途熟，比这困难的地方我都跑过，别人过不去的地方也能设法过去。因此，我能担当此任。只要有封信交给大副，使他相信我，我保证6天后把邓肯号开到吐福湾。"

"那么，艾尔通，你就去吧，"爵士说，"越快越好，别让我们久等。"

艾尔通脸上露出得意的神色，他赶快转过头，但是无论他转得再快，还是被船长瞟见了。因此，门格尔船长对他更不信任了。

艾尔通积极准备出发，两个水手帮着他备马和装干粮。这时候，爵士忙着给奥斯丁写信。

他命令大副火速起航去吐福湾，并且告诉大副艾尔通是个

艾尔通以充分的理由自告奋勇去当送信的人。

114

可靠的人。他叫奥斯丁一到东海岸就派一队水手前来救援……

少校看着爵士写信，当署艾尔通名字的时候，他突然问艾尔通的名字如何写法。

"照音写啊。"爵士回答。

"你弄错了，"少校镇定地回答，"读音是读成艾尔通，可是写出来却要写作彭·觉斯！"

彭·觉斯是之前在路上，爵士他们听说到的一群罪大恶极的流放犯的首领。当地警察局一直在悬赏通缉他。

彭·觉斯这个名字一说破，顿时如晴天霹雳。"艾尔通"一不怕，二不羞，挺起身，举起手枪，砰的一声，爵士应声倒地。外面这时也响起枪声。

门格尔船长和两名水手起初愣住了，这时正想扑过去抓彭·觉斯，但是，为时已晚，那胆大包天的流犯已经跑到胶树林中与那伙土匪会合了。

爵士伤势不重，就地爬起来。帐篷挡不住枪弹，非退却不可。

事情发展得如此迅速，使人难以想象。彭·觉斯躲进树林以后，枪声立刻停止，接着是死一般的寂静。只有几团白烟在胶树枝上缭绕着，一片片茂密的胃豆草纹丝不动，好像原来的那一幕都是幻觉。

少校和门格尔船长在周围搜索了一番，始终未见流犯的踪影。

少校首先发言，所有的旅伴，除威尔逊和穆拉地在外面

少校在最紧要的关头终于率先识破了彭·觉斯的阴谋诡计。

晴天霹雳
比喻发生意外的、令人震惊的事件。

幻觉
视觉、听觉、触觉等方面，没有外在刺激而出现的虚假的感觉。

站岗外，都静静地听着。

少校在未言归正传之前，把海伦夫人还不知道的一段经过，即彭·觉斯的一伙流犯潜逃，在维多利亚境内流窜，在铁路上做了血案等事，先叙述了一遍。随后，少校把从塞木尔买的那份澳大利亚新西兰日报递给海伦夫人，又补充道："彭·觉斯是个惯犯，他的恶名世知，警察当局正悬赏捉拿他呢！"

但是大家最关心的是少校怎么知道艾尔通就是彭·觉斯的。这一点，对于其他旅伴来说是个谜。少校做了如下解释：艾尔通给少校的第一印象就不佳，使少校本能地警觉起来。那些几乎无所谓的小事，例如艾尔通穿过每座城镇时，

总有些迟疑；又如屡次要求把邓肯号调到东海岸来；又如，在他手里的牲口先后死得离奇；还有，他的语言、态度总是含含糊糊，模棱两可。这一切迹象，足以引起一个细心人的怀疑。

"这笔糊涂账，我们完全可以理清头绪，"少校说，他始终是那么镇定，"我是这样想的，这人的真名字倒是艾尔通。所谓彭·觉斯，是他落草为寇的诨名，并且不可否认，他认识格兰特船长，做过不列颠尼亚号上的水手，否则，他不可能对我们所说的那些细节知道得一清二楚。我们可以肯定：彭·觉斯就是艾尔通，正如艾尔通就是彭·觉斯一样，也就是说，不列颠尼亚号上的水手做了个流犯团伙的头目。"

少校的这番解释，大家认为是正确的。

艾尔通的阴谋一被揭穿，一切希望如五彩缤纷的肥皂泡一样破灭了。其实，不列颠尼亚号根本没在吐福湾触礁，格兰特船长压根儿也没有踏上澳大利亚这片土地，是流犯胡讵把爵士一行人骗到内地来的。

就这样，文件的不正确解释再次把寻访工作误入歧途。

"这河是过不去了，"船长说，"不过，我们站在这里也不是个办法。现在，更需要去做艾尔通**翻脸**之前要做的事了。我们得赶紧求援，派人到墨尔本。还剩下最后一匹马，请阁下把它交给我，派我去求援。"

翻脸
对人的态度突然变得不好。

"但是，这样太危险了，"爵士说，"这一带常有强盗出没，而且大小路口都有彭·觉斯的人把守。"

大家都很清楚此行的危险性。

爵士又说道："我们中间必须派一个人去，但不知派谁最好，还是抽签决定吧。巴加内尔，把我们的名字都写在纸上……"

大家看爵士这样坚决，只好依他了。把他的名字和大家的名字摆在一块，然后抽签；结果抽到了穆拉地，穆拉地高兴地跳了起来。

"爵士，我这就准备动身！"他说。

爵士紧紧地握住穆拉地的手表示感谢和鼓励。

当威尔逊备好马之后，爵士准备写信给大副奥斯丁。但是，由于胳膊受了伤，不能动，只好请巴加内尔代写。此时，这位学者正在走神，他并未注意到周围的事物，仍专注地思考那份文件。他把文件上的字翻来覆去地想，希望找出

头绪

复杂纷乱的事情中的条理。

一个新的头绪来。爵士请巴加内尔写信，他未听见，爵士只好重复一遍，他这时才清醒过来："啊！好，我替您写！"

他一面说着，一面机械地准备好一张白纸，然后手拿铅笔，听爵士念。格里那凡念道：

"汤姆·奥斯丁，速即起航，将邓肯号开到南纬37度线横穿澳大利亚东海岸的地方……"

这位地理学家显然是有了什么新的发现。

"澳大利亚吗？"巴加内尔自言自语，"啊！是的，是澳大利亚！"

他一口气把信写完，递给爵士签名。爵士刚受伤，胳膊痛得厉害，潦潦草草地签了一下。信口封好后，由于巴加内尔心情激动，手还在颤抖，他用抖动的手在信封上写下姓名和地址。

过了一会儿，巴加内尔开始向穆拉地解释有关到墨尔本的途中所必备的一些知识，他把地图摊开，用手指划着应走的路线。

半途而废

指做事情不能坚持到底，中途停顿。

少校劝穆拉地一旦突破流犯们所控制的势力范围就要爱惜马力。宁可迟半天，不可半途而废，务必到达目的地。

船长交给他的水手一支手枪，里面已装好了6发子弹。一个沉着勇敢的人，拿着这样强有力的武器，几秒钟就能全部打出去，即使遇到坏人抢劫，也能一扫而光。

水手踏上了危险的送信之旅，大家都为他感到担心。

就这样，在一个风雨交加的黑夜，踏上充满危险的道路，穿过那无边的荒野，要不是这水手的意志坚强，任何别的人都会心酸的。

穆拉地走后，旅客们又回到牛车内，空间窄小，只好挤在一起蜷伏着。

就在这时，一声尖锐的叫声传到他们的耳朵里，门格尔船长走到少校面前，问道："你听见了吗？"

接着，两人又忽然听到那不可理解的叫声，同时，好像还有枪声，但听不清楚。正在这时，狂风又起，他们彼此说话也听不清了。所以，他们跑到车子的下风向外站着。

在车内的旅伴们也听到了那凶多吉少的叫声和枪声，爵士揭开门帘，走到站岗的那两旅伴身边。

一定是穆拉地出事了！穆拉地一定是被流犯们伏击了！

"我们去看看！"爵士说着，提起马枪就要走。

"爵士，"少校说，"你要冷静点，听一下朋友的忠告吧。你要想想身在龙潭虎穴中的海伦夫人、玛丽小姐和其他旅伴啊！而且，你往哪里去呢？你知道穆拉地在何方吗？"

又传来一声呼救声，不过，声音很微弱。

爵士这时不顾一切地推开少校，奔向那条小路。船长和少校也跟着跑了过去。过了一会儿，他们望见一个人影，沿着林间小道，连滚带爬地跑过来，哼着，呻吟着。

来人正是穆拉地，他受了伤，已经半死不活了。

当旅伴们把他抬回牛车时，弄得满身都是血迹。

少校立刻动手，很熟练地包扎好。至于这一刀伤到要害没有，他也不敢断定。穆拉地的生死全掌握在上帝的手中，鲜红的血一阵一阵地从伤口里涌出。他脸色苍白，眼睛紧闭，奄奄一息，那样子伤势的确不轻。少校先把伤口洗了洗，敷上一层厚厚的火绒，然后再盖上几层纱布，包扎起来。血终于止住了，大家这才松了口气。穆拉地斜躺着，左胁朝下，头和胸都肿得高高的，海伦夫人喂了他几口水。一刻钟过后，穆拉地**抽搐**了一下，接着，眼睛慢慢睁开，嘴里喃喃地说着话，但听不清。少校把耳朵凑近他的嘴边，听他老是说："爵士……信……彭·觉斯……"

少校把话照样重复了一遍，望望他的旅伴们。穆拉地的话是什么意思呢？难道彭·觉斯拦击我们的水手？还有那封信……

爵士连忙摸了摸那水手的衣袋，大惊失色，原来给大副汤姆·奥斯丁的信不见了。

天一亮，船长、少校、爵士就跑到营地周围侦察地形，他们沿着那条沾满血迹的小路走，但始终没有发现彭·觉斯及其党羽的痕迹。为了**谨慎**起见，绝不能跑得太远。于是，他们不再往前搜索，又顺原路返回，情况的严重性使他们陷入沉思之中。

"不管怎样，"爵士又说，"我们不能再分开了。等8天也好，15天也行，等到斯诺威河里的水落下去，我们再慢慢到吐福湾吧！然后，再想到**妥善**的办法给邓肯号送信，叫它开到东海岸来。"

"也只有这条路可走了。"巴加内尔说。

这种做法是聪明的，只可惜现在才决定。如果爵士不派穆拉地去求援，他也就不会遭毒手了，这不幸的事件也不会

抽搐

肌肉不随意的收缩的症状。

那封信落到彭·觉斯手里，后果不堪设想！

谨慎

对外界事物或自己的言行密切注意，以免发生不利或不幸的事情。

妥善

妥当完善。

发生了，他们回到营地后，看见旅伴脸上愁云稍微散开了一点，感到穆拉地可能有希望得救了。

穆拉地已清醒过来，烧也退了。但是他神志一清醒，一能够说话，第一件事就是找爵士或者少校。少校看他那有气无力的样子，想尽量避免和他谈话，但穆拉地再三坚持，少校只好听着。

谈话进行了好几分钟，爵士才回来，只好由少校来传达了。

少校把爵士叫到车外，走到支帐篷的那棵树下和朋友们合在一起。少校此刻心情特别沉重，不像往常那样轻松了。他的眼睛一落到海伦夫人和玛丽小姐身上，便显出极度的不安。

爵士问少校究竟发生什么事，少校把刚才的谈话简单地讲了下："我们的那位水手离开营地后，一直沿巴加内尔给他指示的那条小路走。他迅速地往前赶路，至少是用黑夜所能容许的速度。大约走了有3公里路的时候，迎面来了一群人，他认出了彭·觉斯。穆拉地抓起枪来就打，两个人应声倒下。毕竟是人少吃亏，他枪里的子弹还未打完，右胁下已

有气无力

形容说话声音微弱，做事精神不振，也形容体弱无力。

少校从穆拉地口中得到的信息一定对行程极为不利。

挨了一刀，便摔下马来。

"然而他还没有昏过去，凶手们却认为他死掉了。他感觉到有人在他身上搜东西，然后又听到几句话，说那封信找到了，彭·觉斯说有了信，邓肯号就落到他们的手中了。"

少校讲到这里，爵士不由地大吃一惊，浑身直冒冷汗。

彭·觉斯要用这封信去劫持邓肯号！

少校又接着往下讲："彭·觉斯又说，两天后他便可登上邓肯号，6天到吐福湾。他派人到东海去了，得到邓肯号，他们便可以在洋上称王了。他的同党也向东南方向走去，显然去渡斯诺威河了。穆拉地虽然身负重伤，但仍坚持连滚带爬地跑回来，报告这一重大情况。以上就是穆拉地对我说的一切经过，"少校总结一句，"你们现在应该明白穆拉地为什么坚决要求说话了吧！"

只有这样才能不让邓肯号落入流犯之手。

"那么！我们必须在匪徒们之前赶到海边！"没等少校说完，巴加内尔插嘴说。

"我们又怎么能过斯诺威河呢？"威尔逊问。

尽力而为
用全部的力量去做。

"我们抬他走，轮流着抬他；只要有办法，我们就得尽力而为！"

船长说，"还是先去侦察一下更稳当些。我去吧。"

"我陪你去，门格尔。"巴加内尔应声说。

爵士同意了这个建议，船长和巴加内尔立刻动身。他们朝斯诺威河走去，沿着河岸，一直走到彭·觉斯的那个地方。为了不让流犯们发现，他们在河边高大的芦苇丛中曲曲折折地站着。

大家都焦急万分地等待着。

最后，将近深夜11点钟了，威尔逊报告说他们回来了。巴加内尔和船长来回跑了16公里路，累得**疲惫不堪**。

疲惫不堪
形容非常劳累。

"找到桥了没有？"爵士迎上去就问。

"找到了，一座藤条扎的桥，"船长说，"流犯们已从桥上过去了，只是……"

"只是什么？"爵士着急地问，预料到肯定又有新的不幸发生。

流犯们过河拆桥，阻断了爵士一行人前进的道路。

"他们把桥给烧断了！"巴加内尔失望地回答。

悦读品味

由于彭·觉斯露出了凶恶的真面目，爵士一行人不得不再一次改变计划，然而面对这个凶残狡诈的流犯，不仅给邓肯号的信没有送出去，反而落入流犯之手；使邓肯号面临绝境。有时候，面对绝境，我们不得不做出最坏的打算，但决不放弃最后的努力。

悦读链接

澳大利亚

澳大利亚四面环海，是世界上唯一一个国土覆盖整个大陆的国家，拥有很多特有的动植物和自然景观。澳大利亚是一个移民国家，奉行多元文化。1788年至1900年，曾是英国的殖民地。1901年，殖民统治结束，成为一个独立的联邦国家。

1606年，西班牙航海家托勒斯（Luis Vaez de Torres）的船只驶过位于澳大利亚和新几内亚岛（伊里安岛）之间的海峡。同年，荷兰人威廉姆·简士的杜伊夫根号（Duyfken）涉足过澳大利亚，并且是首次有记载的外来人在澳大利亚的真正登陆，并命名此地为"新荷兰"。1770年，英国航海家库克船长发现澳大利亚东海岸，将其命名为"新南威尔士"，并宣布这片土地属于英国。

澳大利亚一词，意即"南方大陆"。欧洲人在17世纪初叶发现这块大陆时，误以为是一块直通南极的陆地，故取名"澳大利亚"，Australia 即由拉丁文 terraaustralis（南方的土地）变化而来。

悦读必考

1. 给下列词语注音。

（　　　　　）　　（　　　　）　　（　　　　　　）

雷厉风行　　　　滂沱　　　　当务之急

2. 造句。

当务之急：＿＿＿＿＿＿＿＿＿＿＿＿＿＿＿＿＿

尽力而为：＿＿＿＿＿＿＿＿＿＿＿＿＿＿＿＿＿

3. 是什么事情让大家知道艾尔通其实是一个大坏蛋呢？

＿＿＿＿＿＿＿＿＿＿＿＿＿＿＿＿＿＿＿＿＿＿＿

4. 同学们，在面对陌生人的时候，一定要保持警惕。请写一段话，说说在与陌生人交谈的时候，应该注意哪些问题。

＿＿＿＿＿＿＿＿＿＿＿＿＿＿＿＿＿＿＿＿＿＿＿

第十五章 / 麦加利号

悦读引航

　　爵士一行人能找到格兰特船长吗？不列颠尼亚号的失事，依然是一个谜。至于邓肯号，也一样。面对眼前的困难，大家又会做出怎样的决定呢？走进故事去看看吧！

　　如果说寻找格兰特船长的人们是注定要绝望的，现在，他们变得<u>走投无路</u>了。

走投无路

比喻处境极困难，找不到出路。

　　爵士一行人等到河水降下去了之后坐了小船渡过了斯诺威河，到达了吐福湾。然而，从墨尔本方面发来电报，说邓肯号已经起航，下落不明。

　　玛丽小姐在这种情况下，只好不再提起她的父亲，尽管她很不情愿。她悲痛地想起了那一队不幸的船员。她说："不能再找我父亲了！门格尔船长，我们要为这些仗义而来的人着想。爵士自然应当回欧洲！"

　　"对，玛丽小姐，"门格尔说，"他现在理当回去，邓肯号的遭遇要让英国政府知道。不过你不要因此而失望。我们既然已经出来找格兰特船长，就不能半途而废，不如让我一个人找下去！找不到，我决不罢休！"

从格里船长的话语中可以知道他的决心。

玛丽小姐接受了船长这个誓言，把手伸给那青年人，感激他的所为。

当天讨论决定回欧洲，而且尽快到墨尔本。第二天，船长去打听开往墨尔本的船期。经过一再考虑和磋商之后，格里那凡爵士想到要沿着海岸公路到悉尼，巴加内尔却提出了令大家想不到的建议。原来他去过吐福湾。知道有一只麦加利号是到新西兰北岛都城奥克兰的，他想先包下这条船，再从奥克兰搭半岛邮船公司的船回欧洲。他没有举出大套理由，只说明一个事实，这程路最多花费5~6天时间。

澳大利亚与新西兰相距千把公里罢了。

海伦夫人和玛丽小姐知道行期就在明天都很高兴。爵士向她们说明：麦加利号没有邓肯号那么舒服，但她们不在乎。奥比尔先生去购买粮食。

与此同时，少校找到了一个钱庄，兑换了爵士汇到墨尔本联合银行的几张汇票。他需要的是现金、武器和弹药，于是补充了一些。巴加内尔找到了爱丁堡约翰斯顿出版社出版的一张精制新西兰地图。

穆拉地的健康情况很好，差点儿要他送命的伤势现在就要好了。

威尔逊被派到麦加利号上去布置旅客们的舱位。一阵洗刷，舱完全变了样。麦加利号的船长哈莱看他干得起劲，走开了。哈莱不在乎他们是男是女，叫什么名字。他舱里塞满了200吨皮革。

磋商

多用于正式场合，表示双方仔细商量和研究，交换意见。

地理学家提出这个建议一定还有其他更重要的理由。

出版

把书刊、图画等编印出来。

穆拉地保住了性命，实在是不幸中的万幸！

这一天剩下的空闲，格里那凡爵士还想到37度线穿过的那地方去一次。

不列颠尼亚号的失事，依然是一个谜。至于邓肯号，也一样。

两艘船都没有任何消息，生死未卜。

爵士回到旅馆。旅客们都闷闷不乐地度过了这个晚上。他们回想到在百奴依角时的希望，联想到现在的失望。

闷闷不乐
形容心事放不下，心里不快活。

第二天，即1月27日，麦加利号的乘客上了船，住在狭小的船舱里。晚上7点钟，澳大利亚海岸和艾登港口的固定灯塔都望不见了。海浪相当大，船走得很慢；颠簸得厉害，旅客们规规矩矩守在舱里，和坐牢一样。

每个人都在想心事，很少有人说话。爵士坐不住，走来走去，而少校待在那儿一动不动。门格尔船长不时到甲板上来观察风浪，罗伯特在后面跟着。至于巴加内尔，他一个人在角落里叽里咕噜，不知说什么。

1月31日，从开船到现在已经4天了，麦加利号在澳洲和新西兰之间的那片狭窄的洋面上还没有走到三分之二的路程。船主哈莱很少问船上的事。这粗鲁的家伙天天不是杜松子酒就是白兰地，喝得醉醺醺的，水手们也跟他学，麦加利号就只有听天由命了。

粗鲁
（性格或行为等）粗暴鲁莽。

2月2日，麦加利号自开船已经6天了，还望不见奥克兰的边岸。风倒是顺的，一直是西南风，但海流是逆着的，船不倒就算好事。浪凶，船落到浪槽里勉强爬起来，船每摆动一次，桅杆就激烈地摇晃一次。

风浪继续加大，麦加利号的底部震动得厉害，就像撞到岩石上一般。那笨重的船壳不容易爬上浪头来，所以浪头打来，大量海水冲到甲板上，悬挂在左舷边竿上的小艇早被冲得不见踪影了。门格尔船长不安起来。

那是快到11点半钟的时候，门格尔船长和威尔逊正站在甲板看风向，忽然听到异常的声响，他们本能地警觉起来。门格尔对那水手说："威尔逊！测水！"

哈莱守在船头，一直未觉察到自己所处的险境。威尔逊抓起测水锤奔到前桅的桅盘。他抛下铅锤，绳子从指缝中溜下去，但只溜了三段，铅锤就停止了。

"尽力让风吹！放松！放松扣帆索！"门格尔船长一面喊着，一面忙着掉转船头使船避开礁石。

半分钟之后，一场虚惊过去了。船沿着礁石缝穿行，天色虽黑，但可以看见一条汹涌的白线离船只有4英里远。

这时，哈莱才感到大祸临头，惊慌起来。他说话驴唇不对马嘴，命令相互矛盾，充分说明这蠢猪般的醉鬼已经失掉镇定力了。他一直认为陆地还有20～30公里，一切平安无事；谁知近陆的险滩突然出现在他面前，原来的海流已把他冲出了他惯走的路线，可恶而又可怜的经验主义弄得他惊慌失措。

其实，他还不知道，这时门格尔船长采取紧急措施已把船驶离险滩了。难办的是不知道方位，也许船在礁石圈里。风正向东吹着，船颠簸得前仰后翻，船头或船尾每下落一次，都有触礁的可能。果然，不出所料。不一会儿，暗礁在下面越来越多。现在只能来个急转弯，逆风而行回到没有暗礁的水面上。像这样一条不平衡的船，帆面缩得很小，要它急转弯，不一定办得到。不过，也非得尝试一下不可。

"船舵完全转向下风船舷！"门格尔向威尔逊大叫。

麦加利号开始接近暗礁了。不一会儿，就看见浪打到水下的石岩，飞起沫来。泡沫在浪头上发着白光，简直是一片磷光突然照彻了那些浪头。<u>大海咆哮着，仿佛是希腊神话里所说的那些老岩精在怒吼。</u>

威尔逊和穆拉地伏在舵盘上，舵把已转到底，再也转不动了。就在这惊险万分的一刹那，突然，砰的一声。麦加利号碰到岩石上，触桅的支索撞断，因而前桅也就不稳定了。只受了这一点损坏，船是不是还可以转过来呢？

然而不可能了，因为忽然一个高浪，<u>把船捧起来，送到暗礁上面，然后猛地一放下来</u>，麦加利号重重地摔在礁石上，一动也不动了。船舱的玻璃震烂了。旅客们都跑到甲板上来。但是海浪冲洗着甲板，也有危险。门格尔船长知道船已深深地陷在沙里了，因此请他们再回便舱。

"你实话实说，船到底怎样了？"爵士问。

"沉是不会沉的，海浪会不会把船打散了，那就不可知了，好在我们还来得及想想办法。"

"不能放小艇下海吗？"

"天黑浪大，而且不知向哪边着陆。等天亮再说吧。"

不出所料

事情变化，在预料之中。

运用拟人的修辞手法，写出了大海的怒吼让人心惊胆战，天威不可测。

运用拟人的修辞手法，形象地表现了海浪的凶猛。

着陆

（飞机等）从空中到达陆地。

划子

用桨拨水行驶的小船。

早晨4点钟，东方终于发亮了。风停了，海也渐渐平静了，船完全不动了。门格尔船长打算太阳一出来，就去探探陆地——如果有什么方便的地方可以上陆。船上只剩下唯一的交通工具——吊在右舷上的小划子。不过划子很小，一次只坐4个人，来回要3趟。

"看见陆地了！"门格尔船长叫起来。

旅伴们被叫声惊醒，都奔到甲板上来，望着天边出现的海岸。不管岸上居民是和善还是凶恶，毕竟那是他们逃难的地方啊。

相对于搁浅在海上，能够上岸总是好的。

"哈莱哪里去了？"爵士问。

"不知道，爵士，他和他的水手都不见了。"门格尔船长回答。

"去找找他们，不能把他们丢在船上。"爵士一向是仁慈的。

大家找遍了水手间、中舱、下舱都没有他们的影子。

"找找划子去。"门格尔船长说。

威尔逊和穆拉地跟着他，准备把划子放下海。谁知，划子却早不见踪影了。

原来哈莱和他的水手趁着黑夜，放下船上仅剩下的一只小划子逃走了。这是无可怀疑的。

在这条船上，那些醉鬼船员实在是累赘。

"这群混蛋跑掉了也好，"门格尔船长安慰爵士说，"省掉我们不少麻烦。"

"我也是这样想，"爵士说，"而且，船上还有这么多勇敢的朋友，今后，门格尔就是麦加利号上的临时船长了，我们做你的临时水手，听从你的指挥。"

这段话引得旅伴都笑了。那青年船长对大海扫了一眼，又看看残缺不全的船桅，然后说："目前，我们有两个办法可以脱险：一个把船搞出来，往海上开；另一个是做个木筏划上岸。"

脱险

脱离危险。

"船损坏得如何？"海伦夫人问。

"它不会损害得太厉害。我们在船头安个临时桅杆，代替前桅。这样，虽然是慢了些，但也同样能到达目的地。"

"我们还是检查一下船损坏的部位吧！"少校务实地说。大家检查完后，很快就把船损坏的部位修理好了。

大家站在甲板上，焦急地观察着麦加利号的动静，他们多么希望它会自己浮起来啊！

如果不能及时脱险，船上的人都会面临危险。

但是船下嘎啦嘎啦地响了几声，这是船底颤抖的声音，船身却一点没有移动。

为了减轻船上的重量，门格尔船长叫人把大部分货物扔到海里去了。这些事做完，已是半夜，全体船员都疲惫不

堪。大风在减弱，海员们观察着云层的颜色和排列方式，发现风有转向的趋势。门格尔船长把这个情况报告爵士，并建议把起船工作延迟到第二天再做。

果然，天一亮，刮起西北风，而且越刮越大。

全体船员集合起来，准备张帆。并且利用满潮还没有到达，在船头装了个便桅，来代替前桅，这样，船一漂上来，就可以驶离这一带险海。

"转绞盘！"门格尔船长叫道。

那个绞盘上面装有转动用的杠杆，大家拼命地转动杠杆。两条铁链在绞盘的强力转动下拉得笔直。锚在海底吃得很紧，丝毫不滑动一下，要成功就得快，风吹得更猛了，胀起帆腹，贴住桅杆，把船往外推。人们感到几次船壳在颤动，似乎正要浮起来。这时也许再加个人手就可以把船拔出沙滩了。

"海伦！玛丽！"爵士叫起来，"快来帮忙！"

那两位女客也跑来，帮旅伴们一齐用力。绞盘轮子上的掣子最后又响了一下。

但是，自此以后，绞盘再也转不动了，那只双桅船还是不动，全部努力归于失败。

潮水已经开始下降，显然，就是风力再加上潮势，靠这批人，船还是浮不起来。

现在，很明显船长所说的第一个办法行不通。于是众人立刻开始了第二个办法——做木筏离开大船。木筏很快

门格尔船长的经验在这次航行中起到了至关重要的作用。

颤动
短促而频繁的震动。多么令人沮丧的现实啊！

132

做好，爵士一行人凭借木筏向陆地浮去。众人在一片海滩登陆，登陆地点离奥克兰不算太远，众人决定先到㖊帕河和㖊卡陀江汇合的村子，然后坐马车去奥克兰。夜晚降临，大家就在丛林的掩护下露营。

第二天天亮的时候，江面上弥漫着一片浓雾。空气中饱和的水汽遇冷凝结，给水面盖上一层厚厚的云雾。不久，太阳出来，云雾很快消散了。河岸的景色从浓雾中显露出来，㖊卡陀江在晨光中呈现出它美丽的倩影。

终于雨过天晴了。

一只船在㖊卡陀江中逆流而上，只见它20米长，2米宽，1米深，船头高高翘起就像威尼斯的交通船一样。这条船是用一棵"卡希卡提"树的树干刳出来的，船底上铺着一层干的凤尾草。八只桨把船划得就像在水面上飞一般，船尾坐着一个人，手里拿一只长桨**操纵**着船的航向。

操纵
控制或开动机械、仪器等；用不正当的手段支配。

那是一个毛利族的酋长，地位很高，从他满身满脸刻着又细又密的文身便知道这一点。他身边还有9位级别较低的战士，但都带着武器，样子凶狠，其中几名在不久前受过伤，他们披着弗密翁麻的大衣，待在那里一动也不动。他们脚边还趴着3只恶狗。

这群土著人来势汹汹！

船前部的八位水手仿佛是酋长的奴仆，他们用力地划桨，小船逆流而上的速度很快。

在这只小船上，还有10个欧洲俘虏紧紧地挤在一块儿，脚被拴住，动弹不得，他们就是爵士一行人。他们在睡梦中被抓到小船上来，但未受**虐待**，他们没打算抵抗，因为抵抗

虐待
用残暴狠毒的手段待人。

133

也无用，武器弹药已全落入土人手中。

这位毛利族酋长，有一个十分可怕的名字，叫"啃骨魔"，用土话讲就是"啃敌人四肢的人"。

他勇猛，胆大，一般的敌人到了他手里就没有获得怜悯的希望了。他的名字，英国兵都知道。最近，新西兰的总督要悬赏捉拿他。

那些土人本身就不爱说话，从离开营地到现在，他们彼此几乎没说上几句话。爵士心中焦急万分，决定问问酋长准备怎样处置他们。

他用毫不畏惧的语调对啃骨魔说："你把我们带到哪里去，酋长？"

酋长的眼睛像闪电一般发着光，用粗暴的声音回答："如果你们那边的人要你，我们就去交换；否则，我们就杀掉你们。"

爵士心中有了底，就不再继续问下去了。大概毛利人的首领也有落到英国人手中的，他们想以交换的方式要回他们。

因此，旅伴们还有活命的可能，并未完全绝望。

隈卡陀江是新西兰的民族之江，毛利人以此为自豪，就和莱茵河之于德国人一样。

巴加内尔知道当地土人对这条大河是何等的崇敬。但对于"啃骨魔"究竟会把他们带往何地，他无法猜测。在酋长和士兵的谈话中，他听到了"道波"这个名字，立即引起他的注意。

他查看了地图，知道"道波"是新西兰一个有名的湖泊，位于北岛奥克兰省南端的多山地带，隈卡陀江流经此湖。

夕阳西下，小船上岸准备宿营。爵士一行人被押在营地中心，营前烧着烈火，构成了一道不可逾越的屏障。

看来这群土著毛利人的戒备心理很强，想要逃跑真是难上加难了！

第三天早晨，仍是逆流而上，从隈卡陀江的支流里又钻出来许多小船来。

天黑之前，土人们使劲地划桨，又过了希巴巴士阿和塔玛特珂两道急流。他们至此，已走了100多公里的路了。晚上，仍按以前的规矩宿了营。

规矩
一定的标准、法则或习惯，行为端正老实。

巴加内尔先生看了地图，知道右岸耸入云霄的高山叫托巴拉山，海拔1000米。他们还有一夜的时间去做临死前的准备。虽然恐怖还没有消失，但是他们仍然一同吃了一顿饭。

他们需要寻找逃脱的机会。

爵士一行人被带到了一座城堡里，被关到了牢狱里。在这期间，小罗伯特和地理学家巴加内尔不见了。大家都十分伤心。

应该是早晨4点钟光景，这时一个轻微的响声引起了少校的注意，这响声仿佛是从棚基的木桩后面发出来的，在靠着石岩的那边墙壁里。开始，少校并没有留意这个声音，后来觉得它还在继续着，就细心听听。这响声老是不停，他心里奇怪起来，就把耳朵贴到地上，仔细分辨。他觉得是有人在扒土，在外面挖洞。

光景
时光景物、境况，表示估计。

会是什么人在外面挖洞呢？

135

"你们听听。"他低声说着，用手势叫他们弯下身子。

威尔逊、奥比内也跑到一块儿来了，大家一齐动手挖墙壁，门格尔船长用他的短刀，其余的人用从地上拔起的石头或者就用手指甲，这时穆拉地趴在地上从门帘缝隙里注意着那群土人的动静。

在如此严密的看守下，他们还有什么不放心的呢！

这些土人都围在火边不动，一点也没想到离他们20步远的地方发生了什么事。

大家又加紧努力，他们的手都扒破了，出血了，但是还不断地在扒。忽然少校的手被一个刀尖扎破了，往回一缩，几乎叫出来，却又忍住了。

门格尔船长就把他的短刀伸出去，挡住在外面钻动的那把刀，一摸就摸到拿刀的那只手。

从手的特征判断，可能会是罗伯特。

是一只小手！女人的或小孩的！

"是不是罗伯特？"爵士自言自语地说。

但是，不管他说得声音是多么小，玛丽还是被惊醒了，溜到爵士身边，抓住那只满糊着泥土的小手就吻。

"是你呀！"玛丽肯定地说，"我的罗伯特啊！"

"是我，姐姐，我来了，来救大家！但是，不要声张！"

声张

把消息、事物等传出去（多用于否定）。

一会儿洞扒大了，罗伯特从他姐姐的怀里又倒到海伦夫人的怀里。他身上还捆着一条弗密翁草的长绳子。

"我的孩子啊！"海伦低声说，"那些土人还没有把你杀掉呀！"

"没有，夫人。我也不知道是怎么弄的，我趁那一阵混乱就逃过那些土人的眼睛。我想找到你们，无意中却发现这棚子靠着的这座高岩中间有一个洞。从那个洞到这个棚子只隔着几尺厚的松土，我就把土扒通进来了。"

逃脱开始了。为了保证逃脱成功，一切都先做了准备。大家先一个一个地爬出了那窄狭的地道来到了山洞里。门格尔船长在离开棚子之前，把扒出的土先弄掉，然后溜进地道口，顺手把棚里的草席盖到口上。就这样，地道完全掩藏起来了。

5分钟后，全体旅伴都顺利地逃出了牢狱，离开了那临时藏身的土坑。

在小罗伯特的帮助下，这群苦难的人们终于暂时脱困了！

他们避开有人住的那带湖岸，沿着众多狭窄的小路，钻进最深的山谷里。

突然，一片骇人的咆哮声，由成百的呼叫声混合而成的，在空中爆发起来了。它是从堡寨里出来的，但是现在堡寨是在什么地方呢？爵士一时辨不清楚。而且一片浓雾，如帘幕一般地展开在的脚下，不允许他看清下面的那些低谷。

他们的逃离已经被土人发觉。

气急败坏的土人一旦追上这群人，后果将不堪设想。

这时，下面的雾气都升了上来，把他们包围在一片湿云里。他们看见了脚底下100米远的地方那疯狂的人群。

他们看见了人家，人家也自然看见了他们。又是一片咆哮声爆发起来，还有犬吠声夹杂在里面。全部落的人都出来了，他们想先爬上牢狱那座悬崖，但是爬不上去，就转过头来涌向栅栏外面，抄小路追赶着这班逃避报复的囚徒。

报复
对批评自己或损害自己利益的人进行反击。

悦读品味

在和邓肯号失散之后，格里那凡爵士等人登上了回欧洲的麦加利号，但不幸的是，麦加利号也遭遇了风暴。同样是遭遇风暴，麦加利号上的船员与邓肯号的船员他们的表现可是大不相同，这其中有航行经验的原因，也有个人性格的因素。但是，主要原因还在于他们的态度。"态度决定一切"，这值得我们每一个人警醒，因为成功和失败的差距就在于此。

悦读链接

弗密翁草

弗密翁草是新西兰麻的音译名，又名金边剑麻，属于龙舌兰科植物，原产新西兰，现在在世界各地均有引种。

新西兰麻是毛利人常用的植物纤维资源，织成的斗篷是毛利人在重大庆典穿着的"礼服"。

1957年的国庆晚会上，毛主席收到了毛利人酋长考洛克委托他人转交的毛利人传统珍贵礼物——新西兰麻和奇异鸟羽毛织成的羽毛斗篷。当时，毛主席高兴地披上斗篷，并对转交礼物的新西兰—中国友好协会成员、毛利族妇女罗玛·海沃说："最小的民族和最大的民族同样重要。"

悦读必考

1. 给下列词语注音。

(   )   (   )   (   )   (   )

  残缺   颤抖   疲惫   绞盘

2. 解释下列词语。

操纵：_____

虐待：_____

怜悯：_____

3. 造句。

残缺不全：_____

_____

疲惫不堪：_____

_____

4. 从文中找一找，是谁帮助格里那凡爵士他们逃出了毛利人的控制的？

_____

_____

第十六章／腹背受敌

悦读引航

当格里那凡爵士抄小路追赶着这班逃避报复的囚徒的时候，突然发现大坏蛋艾尔通被抓住了！这个家伙会有怎样的表现呢？能为爵士提供什么线索吗？玛丽与罗伯特姐弟俩，在遇到父亲之后有什么样的表现呢？

大家拼命逃跑，在跑到了一座山上的时候，意外地发现了巴加内尔。原来巴加内尔之前趁乱逃走，先是被另一拨土人捉去关了三天，然后逃到了这座被土人们当成"神禁"而不敢上来的山上。大家重聚十分高兴，休整了两天准备继续逃亡。

他们趁着黑夜艰难地向前走着。

第二天，路上碰到了相当严重的困难。他们要穿过一片奇特的地区，这里到处是火山湖、沸泉和硫气坑。眼福倒不浅，腿可有些吃不消。

最后，他们终于挨到了乐亭尖，总算到达太平洋的海岸了。

他们正在沿着海岸彷徨的时候，忽然，在离海岸1千米的地方出现了一队土人，他们挥舞着武器，向这一行人奔来。

眼福

看到珍奇而美好事物的福分。

彷徨

走来走去，犹豫不决；徘徊。

140

爵士一行人已经是在海边，没有地方可逃了，只好拿出最后的一点力量来和敌人拼一拼。

已经到了退无可退的地步，只好拼命了。

这时候，门格尔船长忽然叫起来："一只小艇！那里有只小艇！"

众人奋不顾身地奔上小艇，只消10分钟，木舟就在海面上走了四分之一海里了。

然而，门格尔船长不愿离开海岸太远，他打算叫大家沿着海岸划去，但是正在这时候，他手里的桨却突然停下来了。

原来他看见三只独木舟来追赶他们了。

"往大海里划！我们宁可沉在波浪里！"他叫着。

宁可葬身大海，也不能落入土人手中。

这时爵士在干什么呢？他在艇子尾部站着。

突然，他的眼睛闪出光来，他伸出手，指着远处的一点。"一条海船！朋友们，那里有只海船！划呀！拼命划！"

四个桨手没有一个转头看那条令人**喜出望外**的船，因为他们在紧张地划着，一下也不能放松。只有巴加内尔爬起来，拉开望远镜对准那个黑点看了看。

喜出望外
遇到出乎意料的好事而非常高兴。

"果真是一条海船！"他说，"还是一只汽船哩！它开足马力在跑！它对着我们开来啦，快划呀，伙伴们！"

突然，他神情紧张起来，脸色苍白，大望远镜也从手里掉下来了。门格尔船长和伙伴们看见了，都**莫名其妙**他为什么又忽然这样地绝望呢？爵士一句话就解释明白了："是邓肯号！是邓肯号和那批流犯啊！"

莫名其妙
指事情很奇怪。

前有流犯，后有土人，真正的绝境！

突然，"砰"的一枪，从追得最后的那只土人的独木舟上打来一枪，枪弹正打到威尔逊的那只桨上，立刻桨又划了几下，逃亡者的艇子更接近了邓肯号。

那游船开足了马力行驶着，相距已经不到半海里了。门格尔船长前后受敌，已经不知道怎样操纵艇子，也不知道该向哪个方向逃走。

土人的枪连珠般地放着，枪弹像雨点般地落到艇子的周围。这时轰的一声炮响，游船上的一个炮弹从他们的头上飞了过去。他们被枪炮前后夹攻着，只好在邓肯号和土人的艇子之间**束手待毙**了。

束手待毙

比喻遇到困难不积极想办法，坐着等失败。

门格尔船长急得发狂，抓起他那把斧头，他正要把小艇砍个洞以便连人带艇一齐沉到海底下去，却被罗伯特一声大叫阻住了。

邓肯号居然没有落入流犯之手？事情的发展始终出人意料！

"是汤姆·奥斯丁！"罗伯特不住地嚷着，"他在那船上！我看见他了！他知道是我们！他还挥着帽了跟我们打招呼呢！"

第二颗炮弹又从他们头上飞过去了，把追他们的那三只独木舟中的头一只打成两段，同时邓肯号上响起了一片"乌啦！"声，那些土人吓慌了，扭头就逃，向海岸划去。接着，这十名逃亡者就这样突然莫名其妙地回到邓肯号上了。

但是，船上的人员，一看到爵士和他的旅伴们都是衣衫褴褛，面目**黧黑**，显然是受过难吃过苦，就立刻停止了欢呼声。这时，疲劳和饥渴早就丢到一边了，爵士首先要问问汤姆·奥斯丁，他怎么会跑到这一带海面上来。

黧黑

也作黎黑，形容人的身材魁梧、身上是健壮的黑。

大家纷纷向奥斯丁提出问题。这位老海员也不知道先听谁的好。因此，他决定只听爵士一人的问话，回答他一个人的问题。

原来，信确实是彭·觉斯送到邓肯号的，他以水手乂尔通之名将信带给奥斯丁，并让邓肯号改变了航线。当奥斯丁讲到为什么会到新西兰时，他说：

"您命令我立即离开墨尔本，并且把船开出来，在……"

"不是叫在澳大利亚东海岸吗？"爵士急躁地叫着，使奥斯丁有些吃惊。

急躁

碰到不称心的事情马上激动不安；想马上达到目的，不做好准备就开始行动。

"怎么是在澳大利亚东海岸啊！不是呀！是在新西兰东岸呀！"他说着，瞪着两个大眼睛。

"你那封信还在不在，汤姆？"少校问，他也被弄得十分地糊里糊涂了。

"请您看。"奥斯丁说。

格里那凡接过那封信就读："令汤姆·奥斯丁速速立即起航，将邓肯号开到南纬37度线横截新西兰东海岸的地方！……"

"新西兰东海岸吗？"巴加内尔叫起来。

他把那封信从爵士手里夺过来，揉了揉眼睛，又把他的眼镜拉到鼻梁上，要自己亲眼看一看。

"真写了新西兰！"他说，那种语调真是无法形容，同时，信也从他的手指缝中滑下去了。

这时，他感到有一只手搭到他的肩上。他猛地一抬头，

粗心的巴加内尔这次真是无心插柳柳成荫，将澳大利亚写成了新西兰，让邓肯号与大家会合了！

侥幸

由于偶然的原因而得到成功或灾难。

布置

对一些活动做出安排，在一个地方安排或陈列各种物件使这个地方适合某种需要。

无恶不作的艾尔通竟然还在船上！

正和少校打个照面。

"还算侥幸，你没有把邓肯号送到印度支那去！"少校带着庄重的神情说。

"那么，当时你看到我的信时，心里是怎样猜想的呢？"爵士又问汤姆·奥斯丁。

"我当时想，总是为了找哈利·格兰特船长才要到您所指定的地方去。我想您一定有了一种布置，另有海船把您载到新西兰去了，所以要我到新西兰的东海岸来等您。而且，在离开墨尔本时，我对游船要到达的目的地一直严守秘密，等到船开到大海里，大洋洲的陆地都望不见了，我才向全体船员宣布。那时船上还起了一场小风波哩，我一时很感到为难。"

"你说什么小风波呀，汤姆？"爵士问。

"我是说，"奥斯丁回答，"开船的第二天，那个送信的艾尔通已经知道了邓肯号的目的地……"

"艾尔通还在这里！"爵士眼睛望着门格尔船长。

"真是老天有眼啊！"门格尔船长说。

"他一看见船是向新西兰航行，就大发脾气，他威逼我改变航向，他威吓我，最后，他还鼓动船员反叛。我知道他是个危险的家伙了，所以我不能不对他采取防备措施。"

爵士要把艾尔

通唤到大家面前来审问。

艾尔通出来了，他稳步穿过了中甲板，爬上楼舱的梯子。他的眼睛暗淡无光，牙齿咬得紧紧的，痉挛地握着拳头，他既没有骄傲的神情，也没有屈辱的样子。

"艾尔通，我有几个问题想问你，你总不会拒绝回答我吧。首先，我应该叫你艾尔通呢，还是应该叫你彭·觉斯呢？你究竟是不是不列颠尼亚号上的水手？"

艾尔通转头来对着爵士，眼睛盯着他眼睛："爵士，我没有什么可回答的，应该由法院来证明我有罪。"

"艾尔通，"爵士又说，几乎是用恳求的口吻，"如果你知道哈利·格兰特船长在哪里，至少你总肯告诉他那两个可怜的孩子一下吧？那两个孩子只等着你嘴里的一句话呀？"

艾尔通迟疑了一下，脸上抽动了一阵。但是，低声地："我不能够啊，爵士。"接着，他立刻又暴躁地补上一句，仿佛他在责备自己不该一时心软："不！我不说！你尽管叫人吊死我好了！"

然后，他就安闲地走回到作为临时拘留他的那个房间，两名水手守在他的门外，负责着监视他的每个最小的动作。所有参加这场审问的人都感到愤慨和失望。

这天，3月5日，艾尔通被带到海伦夫人的房间里来了。玛丽也被请来参加会谈，因为这少女的影响可能是很大的，而海伦夫人不愿忽视掉任何一点有帮助成功的因素。

两位女客和那个不列颠尼亚号的水手关在房间里谈了一

痉挛

肌肉紧张，不自然地收缩，都由中枢神经系统刺激引起。

迟疑

拿不定主意，犹豫。

个钟头，但谈话的情形一点没有透露出来。但是到她们和艾尔通分手时，她们显出不成功的样子，她们甚至表现出一种真正的沮丧的神色。

但是海伦夫人并不就此自认失败了。她要和那个毫无心肝的人斗争到底，第二天她亲自跑到艾尔通的房间里去，以免他从甲板上经过时又引起大家的愤慨。

海伦夫人这一次出来时，脸上显得有点儿把握了。她是不是套出了那个秘密呢？是不是引出了那坏蛋的最后的一点儿恻隐之心呢？

然而消息立刻传播到全体船员里，说那流犯被海伦夫人说动了，这就和通了电流一般。所有的水手都聚到甲板上来，比奥斯丁吹哨子召集他们来做工还要快。

爵士赶快迎上他的妻子："他说了吗？"

"说是没有说，但是，他对我的请求让步，他想见见你。"

"好得很，我亲爱的海伦。让艾尔通立刻来见我吧。"

那水手又被带到方厅里来，爵士在方厅里等着他。

那水手一到爵士的面前，押送的人就退了出去。

"你想跟我说话吗，艾尔通？"爵士说。

"是的，爵士。"

"跟我一个人说吗？"

"是的。不过，我想，如果少校和巴加内尔先生都在场的话，也许更好点。"艾尔通镇定地说着。

沮丧
灰心失望。

愤慨
气愤不平。

艾尔通是唯一一个知道格兰特船长情况的人。

镇定
遇到紧急的情况不慌不忙。

146

爵士把眼睛盯住他看了看，然后就叫人通知少校和巴加内尔，他们俩立刻应邀来到了。

"现在我们都听着你说。"爵士说，当他的两个朋友一到方厅就在餐桌旁坐下的时候。

爵士迫不及待地等着艾尔通的关于格兰特船长的消息。

艾尔通定了定神，开口说："爵士，一般惯例，双方订合同或谈条件，都有证人在合同上署名。我要求请巴加内尔和少校两位先生来，道理就在这里。因为，严格地说，我来向你提出的是一个交换条件的谈判。"

署名
在书信、文件、或文稿上，签上自己的名字。

"是的，艾尔通，这是再公平不过的事了。"

"我并不是说不公平，"艾尔通安静地回答，"如果我要求您把我就这样放掉，您是不肯的了？"

对这样开门见山的问题，在回答之前，爵士迟疑了一下。哈利·格兰特船长的命运就靠他这次回答的一句话呀！然而，他觉得他应该对法律负责，这种责任感终于战胜了他，因此他说："我是不肯的，艾尔通，我不能把你就这样放掉。"

负责
担负责任，尽到应尽的责任。

"我想得到一个折中的办法，爵士，把我放到太平洋上的一个荒岛上去，再给我最必要的一点东西。我将尽力在荒岛上生活下去，如果时间允许，我将在那里忏悔我的行为！"

爵士冷不防他会来这么一个建议，看看他的两个朋友，他俩也都默不作声。

艾尔通的建议无异于把自己置于绝境，不得不引人怀疑。

他想了一会儿，回答说："艾尔通，如果我答应你的要求，你就把我所要知道的一切告诉我吗？"

"是的，爵士，把我知道的关于格兰特船长和不列颠尼亚号的一切都告诉您。"

"有谁能担保呢？"

"事实上，我只有用人格担保。肯不肯由您。"

"我就相信你吧，艾尔通。"爵士直截了当地说。

艾尔通对于这个决定是不是感到庆幸呢？很难说。因为他那毫无表情的面孔并没有显出一点消息来，仿佛他是在替别人谈条件。

"我现在准备回答问题了。"他说。

"我们没有什么问题可提了，你把你所知道的告诉我们好了，艾尔通。"

"各位先生，我确实是汤姆·艾尔通，不列颠尼亚号上的水手长。我是1861年3月12日乘哈利·格兰特船长的船离开格拉斯哥的。我们一同在太平洋上跑了14个月，想找个有利的地点，建立一个苏格兰移民区。格兰特船长是个干大事业的人，但是我们俩之间常会有激烈的争辩。他的性情跟我合不来。我又不肯迁就他。他只要决定要做一件事，任何力量都阻挡不住他的。那个人简直是钢铁铸成的，对自己是钢铁对别人也是钢铁。但是，虽然如此，我还敢叛变。我想让船员们和我一齐叛变，夺取那只船。我错也好，对也好，格兰特船长毫不迟疑，1862年4月8日就在大洋洲西海岸把我赶下船了。"

"是在大洋洲。"少校打断了他的话头说，"因此你在不列颠尼亚号到卡亚俄停泊之前就离开船了？它到了卡亚俄以后就没有消失啦。"

"是的，因为我在船上的时候，不列颠尼亚号没有在卡亚俄停泊过。我在帕第·奥摩尔农庄里谈到卡亚俄是因为你们先告诉了我它在卡亚俄停泊的事实。"

艾尔通不说话了，习惯地交叉着膀子在那里等着。爵士和他的两个朋友都保持沉默。他们感觉到全部事实，这坏蛋都已经讲了。

事实上，艾尔通并没有说出什么实质性的内容。

"那时候格兰船长特有什么计划，你知道吗？你说说看，艾尔通，只要稍微有点迹象，也许会使我们找到线索的。"爵士问道。

"我所能告诉您的是这样，爵士，格兰特船长想到新西兰去看看。他这部分计划在我在船上的时期并没有实行。因此，不列颠尼亚号在离开卡亚俄以后跑到新西兰附近的许多陆地来侦察，并不是不可能的。这与文件上所说的那只三桅船失事的日子——1862年6月27日倒很符合。"

"好了，艾尔通，你实现了你的诺言，我也要实现我的诺言。我们要去商量一下要把你丢到太平洋上哪个岛屿上去。"

诺言
应允别人的话。

艾尔通在两名水手的看守下退了出去。

"格兰特船长怎么样了？"

"恐怕是完了！可怜的是两个孩子，谁能告诉他们的父亲在什么地方呀？"

"我能告诉呀！"巴加内尔接着就答上去，"是的！我能告诉他们。"

巴加内尔竟然知道格兰特船长的下落？

149

这位地理学家平时那么好说话，那么没耐性，这次盘问艾尔通时，他却几乎是一言不发。他只听着，不开口，但是他这一句话却是一鸣惊人，首先就让爵士惊了一跳："你！你知道格兰特船长在哪儿？"

"你先听我说呀，少校。我早没有说出来，正因为怕你不相信。今天我决心说出来，是因为艾尔通的**陈述**正好证实了我的见解。我写错了一个字救了大家的命，那个字不是没有理由写错。爵士述说由我代笔写那封信的时候，'西兰'这个名词正在搅着我的脑筋。原因是这样：你们还记得我们刚发现彭·觉斯真面目的时候吗？少校刚对海伦夫人说完流犯的那段事实。他把登载康登桥惨案的那份澳大利亚新西兰日报递给了她。当我正在写信的时候，那份报纸掉在地上，折起一半，刚好把报名的后一半露了出来。这后一半正是aland。我心里仿佛突然一亮！aland正是英文文件上写的呀，我们一向认为这字是'上陆'，实际上应该是'西兰'（zealand）这字的残余。"

接着，巴加内尔就慢腾腾地一字一音地读出了下列的内容："1862年6月27日，三桅船不列颠尼亚号，籍隶格拉斯哥港，沉没于风涛险恶的南半球海上，靠近新西兰——这就是英文文件上的'上陆'。两水手和船长格兰特到达于此岛。不幸长此变成为蛮荒绝地之人。兹特抛下此文件于经……及纬37度11分处。请速予救援，否则必死于此。"

"巴加内尔，你为什么把这个新解释一直保密了近两个

陈述

有条有理地说出。

150

月呢？"

"因为我不愿意再给你们一场空欢喜啊。而且我们那时正是要到奥克兰，正是文件上37度线所指的那一点呀。"

"但是后来我们被拖出到达奥克兰的路线了，为什么你还不说呢？"

"那是因为文件尽管解释得正确，也无益于格兰特船长的安全啊。"

"那又是为什么呢，巴加内尔？"

"因为，若是格兰特船长还在新西兰沉船的假设成立了，两年没有消息，就说明他不是死于沉船就是死于新西兰人手里了。我的看法是：沉船的痕迹还可能找到一些，不列颠尼亚号上受难的人一定是完蛋了！"

邓肯号仍然保持着走原来的路，剩下来要做的就是选择一个荒岛把艾尔通丢下去了。

两天后，5点钟时候，门格尔船长仿佛看到了玛丽亚泰勒萨岛一股轻烟向天上飘去。

因为害怕前面是火山，门格尔船长决定让船减速慢行。

晚上9点钟的时候，一片相当强的红光，一团火在黑暗中亮起来。它是不动的，并且是连续不断的。

忽然，门格尔船长叫起来："另外又有个火光出来了！在海滩上，您看！火还在晃动哩！并且还在换地方！"

随后，又有人猜测岛上住着土人。

"我们要小心提防才是，新西兰人有种野蛮的习惯，摇

> 历经多次误判，残存的信息终于得到了圆满的解释。巴加内尔的判断无异于晴天霹雳。

> 如果真是这样，那可不是个好消息！

着火光，欺骗过往的船只，就和从前康瓦尔的居民一样。现在这岛上的土人很可能是知道这种引诱船只的办法的。"巴加内尔补充说。

"转头横向，明天，太阳一出来，我们就知道是怎么一回事了。"门格尔对掌舵的水手叫喊着。

11点钟了，这时，玛丽和罗伯特到楼舱顶上来了。格兰特船长的这两个孩子伏在扶栏上，凄然地望着闪光的海面和邓肯号后面发亮的浪槽。玛丽考虑着弟弟的前途，罗伯特考虑着姐姐的出路，两人都想着他们的父亲。

这一对苦难的姐弟彼此依靠，互相为对方考虑。

罗伯特已经在患难中磨炼得成熟了，他猜到了他姐姐的心事。

罗伯特告诉姐姐他要去做海员。

"你要离开我了吗？"玛丽叫起来，紧握着弟弟的手。

"是的，姐姐！我要和父亲一样，成为一个海员；要和门格尔船长一样，成为一个海员！亲爱的姐姐，我们的父亲，又高尚又慷慨！若不是运气不好没让他完成他的事业的话，他应该已经是我们祖国的伟人之一了！"

哪里传来的声音呢？吸引读者读下去。

"救救我呀！救救我呀！"有一个声音叫道。

"罗伯特，"玛丽说，脸色感动得发白，"我仿佛……仿佛听到的……我在做梦啊，我的弟弟！"

但是，又是一声呼救声传到他们的耳朵里来了，这次那种幻觉太真切了，以致两个人的心里同时迸出了一样的呼声："父亲啊！父亲啊！……"

玛丽受不住了。她刺激过度，晕倒在罗伯特的怀里。"救人啊！"罗伯特喊，"我的姐姐！我的父亲！救人啊！"

来自父亲的突如其来的喊声，让姐弟俩受到强烈的刺激。

大家都突然被惊醒，跑了过来。"我姐姐要死了，我的父亲在那儿！"罗伯特叫着指着波浪。人们听了都莫名其妙。

"是的呀，"他又叫，"我父亲在那儿！我听到父亲的声音了！姐姐也和我一样，听到了！"

这时，玛丽醒过来了，她睁着眼睛，和疯子一般，也在叫："我的父亲！我的父亲在那儿啊！"

"两人同时！"巴加内尔自言自语地说，"太奇怪了！从科学上说完全可不能有这种事情！"

自言自语
独自一个人说话。

然后，巴加内尔自己也俯下身子对着海面，侧着耳朵，摇摇手示意别人别作声，仔细地听着。处处是深沉的静寂。巴加内尔又大声地喊了喊，也没有任何回音。

第二天，3月8日，早晨5点钟，天刚亮，船上的乘客，罗伯特姐弟也在内——因为谁也没办法把他们留在房里——都聚到甲板上来了。一个个都要看看昨晚只勉强望到的那片陆地。

忽然，罗伯特一声大叫，说他看见了三个人在岸上跑着，挥着胳臂，同时还有一个人在

摇着一面旗子。

"是英国国旗。"门格尔船长把他的望远镜抓过来后也叫起来。

"是真的！"巴加内尔也叫起来，回头看着罗伯特。

"爵士！"罗伯特说，声音激动得发抖，"爵士，如果您不愿意让我游水游到岛上去，就请您放下一只小艇。爵士！我求您，让我第一个登陆！"

"放艇下去！"爵士叫。

小艇放到海上了，很快就离开了大船。离岸还有20米远的光景，玛丽大叫一声："我的父亲！"

真的有一个人，站在岸上，夹在两个人中间。他那高大而强壮的身材，温和又大胆的面容，十足地显示出是把玛丽和罗伯特两人的体貌融合在一起的样子。那正是两个孩子不断描述的那个人！他们的心灵并没有欺骗他们：果然是他们的父亲——格兰特船长！格兰特船长听见了玛丽的呼唤，张开双臂，像被雷击了一般倒在了沙滩上。

太不可思议了，格兰特船长就这样出现了。

悦读品味

玛丽和罗伯特终于见到了父亲。邓肯号上的人们满怀期待，希望能从艾尔通口中得到一点消息，然而事实却让人无尽失望。功夫不负有心人，骨肉亲情、强烈的心灵感应让这迷失多年的父子三人再次相聚。格兰特的得救，与这份血浓于水的亲情和日夜思念的心灵力量是分不开的。

悦读链接

火　山

火山是一种常见的地质现象。地壳之下100~150千米处，有一个"液态区"，区内存在着高温、高压下含气体挥发成分的熔融状硅酸盐物质，即岩浆。它一旦从地壳薄弱的地段冲出地表，就形成了火山。

火山分为"活火山""死火山"和"休眠火山"。有些火山在人类有史以前就喷发过，但不再活动，这样的火山称之为"死火山"；而有的火山，保存有完好的火山锥形态，仍具有火山活动能力，或尚不能断定其已丧失火山活动能力，人们称之为"休眠火山"；人类有史以来，时有喷发的火山，称为"活火山"。

悦读必考

1. 看拼音，写词语。

　　　　hǎi tān　　　　zhǎng duò　　　　huàn nàn　　　　kāng kǎi

　　　（　　　　）　　（　　　　）　　（　　　　）　　（　　　　）

2. 比一比，再组词。

滩（　　　）　舱（　　　）　槽（　　　）　慨（　　　）

难（　　　）　航（　　　）　糟（　　　）　既（　　　）

3. 当船上的人看到岛上有人时，为什么却要远离它呢？

_____

_____

第十七章 / 胜利返航

悦读引航

　　玛丽、罗伯特和父亲格兰特船长的相聚，让大家悬着的心终于落地了。接下来，又会有什么故事发生呢？面对眼前所有的人，格兰特船长又会说些什么呢？走进故事的最后一个章节，看看故事的结局会是什么样吧！

　　人是从来不会因为快活而死掉的。父子三人在人家还没把他们载回游船就转过气来了。这一幕，我们怎么能描写得出来啊！我们的文笔太逊色了。全体船员看见他们父子三人默默无言地紧抱在一起，个个都流下了眼泪。

逊色
比不上、差。

　　格兰特船长一登上游船的甲板，就转回头向着海伦夫人、爵士和他的伙伴们，以感动得忽断忽续的声音感谢他们的援救。原来两个孩子在由孤岛回到游船的时候，已经简单地把邓肯号环球寻找他的全部经过都告诉了他。

父子团聚的一刻，
多么让人感动！

　　他抱起他那无比喜爱的两个孩子，把两年离别中心头积蓄着的所有热吻都一下子给了他们。

　　格兰特船长知道了罗伯特历次建立的奇功，知道了这孩子是如何已经为父亲向格里那凡爵士偿还了一部分人情债。然后，又轮到约翰·门格尔来谈玛丽，他说得太好了，以至于格兰特船长听到海伦夫人插进的几句话之后，就拉着他女儿的手拉着放到英俊的青年船长的手里，并回头向格里那凡爵士和夫人说："爵士，夫人，我们为我们的孩子祝福吧！"

当那一切的一切说了又说，说了千万遍之后，爵士把艾尔通的事也告诉了格兰特船长。格兰特船长证实了他的供词，那个坏蛋确是在大洋洲岸被赶下船的。

"这人又聪明，又敢作敢为。"他又补充着说，"是贪欲把他引向罪恶方向去的。但愿他能反省、忏悔，回头做个好人吧！"

贪欲

无休止的求取。

又是一只艇下海了，他们父子三人、格里那凡夫妇、少校、门格尔船长和巴加内尔等一会儿就在岛上登陆了。

巴加内尔开心极了。他的鲁滨孙老思想又涌上心头了。

鲁滨孙

即著名小说《鲁滨孙漂流记》的主人公。

"艾尔通那个坏蛋丢到这里来太便宜他了！"他兴致勃勃地嚷着，"这个小岛简直是天堂呀！"

"倒真是个天堂，"格兰特船长回答说，"三个可怜的受难者被老天救到这里来，真够好运气了！不过我恨这岛太小了一点，不是广大肥沃的岛屿，它只有一条小溪，不是一条大河，只有一个海浪冲击的小缺口，不是一个大港湾。"

"又为什么恨呢，船长？"爵士问。

"因为如果是个大岛，我就可以建立一些基础，让苏格兰在太平洋上有块移民区呀！"

"啊！船长，您还没有放弃您那个念头吗？您那个念头使您在我们的祖国里太著名了！"

"我没有放弃它，爵士，上帝借您的手把我救出来，就是要我完成这个事业的。我古老的苏格兰的可怜的同胞们，所有苦难的人们，都应该有一片新的陆地，好让他们逃避穷困！ 我们亲爱的祖国必须在这带海洋上有自己的一块移民区，完全属于自己的，让它享受它在欧洲所享受不到的独立和幸福！"

然后，就在这小岛上，就在这座小屋里，大家都想听一听不列颠尼亚号的那三名遇难者在这漫长的两年中是怎样生活的。格兰特船长立刻满足了他的新朋友们的这个愿望。

"我的故事，也就是所有被打到荒岛上的来的鲁滨孙的故事，我们到了这里，没有人可以依靠，只有依靠上帝，依靠自己，我们感到我们只有去向自然界斗争，去争取生存！

"那是1862年6月26到27日的夜里，不列颠尼亚号被6天的大风暴打坏了，触毁在这个岛的岩石上。这岛3公里宽，8公里长，内部大约有30棵树，还有几块草场和一个清水泉源，这泉源幸好是四季不涸的。我一人带着我的两名水手，在这种天涯海角里，并不失望。我的两个患难朋友包伯和乔蔼发挥着最大的毅力来帮助我。

"我们一开始，就和我们的榜样——笛福作品中的鲁滨孙一样，把船上的残物收集一些来：一些工具，一点火药，一些枪械，一袋宝贵的种子。头几天是很困苦的，但是不久，打猎和打鱼可以供给我们稳定的粮食了。因为在岛的内部野羊极

同胞
同父母所生的；指同一国或同一民族的人。

让我们静静地听一听格兰特船长三人在岛上求生的经历吧！

笛福
英国作家，《鲁滨孙漂流记》的作者。

多，沿岸又满是水生动物，我们的生活就规律起来了。

"我从船上抢救出我的测量工具，因此我可以正确地知道这个小岛的方位。我一测量，就发现我们是在任何航线以外的地方，不会有任何船来搭救我们了。除非遇到意外的机会。我一面想着我亲爱的人，不敢希望能再见到他们的面；一面却还勇敢地接受着这个考验。

在这样的困境里求生，需要极大的精神支撑。

"这时我们坚决地从事劳动。不久，几亩熟地就播上了不列颠尼亚号上的菜种，马铃薯、菊苣、酸模等开始调剂我们日常的食物了。后来还有许多其他的蔬菜。我们又捕到了几只野羊，它们很快就被养熟了。我们又有了羊奶、奶油。干河沟里长出的纳儿豆又供给我们一种很有营养的面包，因而在物质生活上，我们从此就丝毫不用担忧了。

调剂
调整有无、余缺等情况，使合宜。

"我们又利用不列颠尼亚号的旧料建筑了一座小屋，屋顶是帆布盖成的，并且仔细地涂上了柏油，在这样结实的掩蔽下，我们幸运地度过了雨季。我们在这小屋里讨论过许多计划，许多梦想，最好的梦想还是此刻实现的这一个。

柏油
即沥青。

"啊！我可怜的孩子啊！我不知有多少次站在岸边岩石顶上守候着过往的船只！在我们沦落的整个时期里，只有两三只帆船在天边出现过，但是一下子又没了踪影！两年半就这样地过去了。我们已经觉得希望不大了，不过我们还不失望。

最重要的是不要放弃希望！

"最后的就是昨天，我正爬到岛的最高峰上，忽然望到一缕轻烟在岛的西南。烟渐渐地大起来。一会儿，一只船到了我的视野里，我看见了，它仿佛正向我们这边驶来。

"但是这小岛没有可停泊的地方，它会不会又要避开小岛呢？

"唉！那是多么焦急的一天啊！我的心差点没把我的胸膛胀破！我们两个难友在岛的另一座山峰上点起了一把火。到了，但是这游船还没有发出任何回答的信号！然而，希望就在眼前哪！难道我们就眼看着它错过了吗？

这真是血浓于水的骨肉亲情产生的心灵感应么？

"于是我发出了失望的呼声，只有我这两个孩子听到了，那并不是他们的一种幻觉。"

"船长，您现在可不可以告诉我，您那份文件里写的是什么话？"巴加内尔一提出这个问题，每个人的好奇心都紧绷起来，因为9个月来猜不出的哑谜就要揭开谜底了！

"怎么样，船长？您那文件上的字句您还正确地记得吗？"巴加内尔问。

"准确地记得呀，我没有一天不想到它，那是我们的唯一希望啊！"

"那几句话是什么，船长？请您说说看，因为我们猜来猜去都猜不到，实在太不服气了。"爵士也问。

"我马上来满足各位的要求，"格兰特船长回答，"但是你们知道，为了增加求得援救的机会，我在瓶子里装了三份文件，是用三种文字写成的。诸位要知道哪一个文件呢？"

"三份文件难道不是一样的吗？"巴加内尔叫起来。

"是一样的呀，只有一个地名不同。"

"那么，好吧，请读一读法文文件，那法文文件保存得最好，我们每次解释都拿它做基础。"爵士说。

"爵士，法文文件的字句是这样，"格兰特船长回答，"1862年6月27日，三桅船不列颠尼亚号，籍隶格拉斯哥港，沉没在离巴戈尼亚800公里的南半球海面。因急求上陆，两水手随船长格兰特爬到了达抱岛上。"

"嗯！"巴加内尔哼了一声。

"不幸"，船长接着读，"长远变成为蛮荒绝地之人。兹特抛下此文件于经153度，纬37度11分处。务乞速予救援，否则必死于此！"

巴加内尔听到"达抱岛"这个名字就突然站起来，然而，他真的忍不住了，就大叫道："怎么是达抱岛呀？不是玛丽亚泰勒萨岛？"

"是呀，巴加内尔先生，英国的地图上都写着玛丽亚泰勒萨岛，但是法国地图上却写着达抱岛呀！"

这时，忽然，狠狠的一个拳头打到巴加内尔的肩膀上，打得他的背往下一弯。原来少校敬了他这一下，少校生性的习惯老是那样的庄重，这次可破例了。

"好个地理学家呀！"少校轻蔑地说。

但是巴加内尔连少校那一拳也没有感受到。他在地理学上受到的打击正使他的头抬不起哩，那一拳算得了什么呢！

"虽然如此，"巴加内尔抓着头发叫着，"我也不应该忘记这个一岛两名的事实呀！这是一个不可原谅的过失，是

基础

事物发展的根本或起点。

巴加内尔弄错了英语和法语关于岛的命名，导致走了许多弯路。

轻蔑

藐视，小看，鄙视。

一个不配称地理学会的秘书的人才会犯的错误呀！我的面子丢尽了！"

"但是，巴加内尔先生，您也不必这么难过啊！"海伦夫人说。

"不成，夫人，不成！我简直是蠢驴了！"

"而且还比不上一匹玩杂技的驴子呢！"少校接上去替他再骂一句，作为给他的安慰。

艾尔通被带到楼舱里来了，就站在格兰特船长的面前。

"是我，艾尔通。"格兰特船长说。

"是您呀，船长。"艾尔通回答，并不因为又见到格兰特船长而表示出丝毫的惊讶，"很好，看见您安然无恙，我也很高兴。"

"艾尔通，我把你赶到一个有人住的陆地上去，倒似乎反而害了你。"

"似乎是的，船长。"

"你要去替我住在这个没人住的荒岛了，愿老天叫你忏悔吧！"

"但愿如此！"艾尔通回答，语调十分安闲。

爵士看着那水手，对他说："你还坚持丢到荒岛上的那个决定吗，艾尔通？"

安然无恙

原指人平安没有疾病或忧患。现泛指人或物平安无事，没有遭受损害或发生意外。

"还坚持，爵士。"

"你觉得达抱岛合你的意吗？"

"十分合意。"

"上帝保佑您！"

这就是格里那凡和艾尔通最后交谈的几句话。小艇已经准备好了，艾尔通就下船。

门格尔在事先就已经派人送去了几箱干粮、一些工具、一些武器和若干弹药到了岛上了。因此艾尔通是可以用劳动来改造自己的，他什么也不缺乏，连书籍都有。

分别的时候到了，全体船员和乘客都站到甲板上来，不止一个人心里感到难过，玛丽和海伦夫人都控制不住她们的情绪。

"一定要这样做吗？"海伦夫人问她的丈夫，"一定要把那坏蛋丢掉吗？"

"一定要这样，海伦，这是叫他改过自新呀！"

小艇在门格尔船长的指挥下离开了大船。艾尔通在小艇上站着，始终不动神色，格里那凡也脱下帽子，全体船员也跟着脱下帽子，和平常对一个临死的人一样，这时候，小艇在一片沉默之中走开了。

艾尔通一见陆地，就跳上沙滩，小艇就划回了大船。

这时是下午4点钟，乘客们在楼舱顶上还可以望见他，他交叉着膀子，一动也不动，就像一座石像站立在岩石上似的，看着邓肯号。

这个小岛可能是作恶多端的艾尔通的最后归宿了。

邓肯号离岛11天后，也就是3月18日，就望见美洲海岸了，第二天它就停泊在塔尔卡瓦落湾里。

它航行了5个月回来了，在这5个月当中，它严格地循着南纬37度线，环绕地球一周。这是一次值得纪念的旅行，他们的努力绝对没有白费，他们把不列颠尼亚号的遇难船员载回祖国了。

所有历经的磨难在这样的结果面前都不值一提了！

邓肯号燃料和其他供养补充完毕，就沿着巴塔戈尼亚的海岸，绕过合恩角，驶进大西洋，顺利前进。

我们读到这里，一定会感受到：哈利·格兰特和他的两名水手终于得救，是早就注定了的！门格尔船长和玛丽在那古老的圣孟哥教堂里结婚，由9个月前曾为哈利·格兰特祈祷的摩尔顿牧师，现在再来给他的女儿和他的救命恩人祝福，也是早就注定了的！将来罗伯特会和哈利一样做海员，和门格尔一样做海员，并且在格里那凡爵士的大力支持下，继续着格兰特船长的伟大的事业计划，也是早就注定的了！

但是，巴加内尔不能一辈子做光棍呀，这是否也是早就注定了的呢？也很可能早就注定了的。

就在这时候，恰巧有一位30岁的可爱的小姐，就是麦克那布斯少校的表妹，也有点怪里怪气的，但是性情和善，面目秀丽，她竟爱上了这位地理学家的古怪脾气，愿意和他结婚。

15天后，玛考姆府的小教堂里热热闹闹地举行了一个结婚典礼。新郎巴加内尔打扮得英姿勃勃，只是衣裳上的纽扣却扣得严严实实，新娘阿拉若贝拉小姐打扮得像天仙一般。

原来，巴加内尔在毛利人家里做了三天俘虏，被毛利人刺过花了，不是刺了一点点花纹，而是从脚跟直刺到肩膀，他胸前刺了一只大几维鸟，张着两只翅膀，在啄他的心。

至于格兰特船长重回祖国后，全苏格兰人都庆祝他，仿佛是全民族的一件大喜事，哈利·格兰特船长成了苏格兰无人不晓的人物了。他的儿子罗伯特后来果真和他一样，也和门格尔船长一样，做了海员，并且在格里那凡爵士的支持下，为实现在太平洋建立一个苏格兰移民区的计划而努力。

这一切仿佛冥冥中早已注定！可怜的巴加内尔先生还吃了一点苦头啊！

悦读品味

格兰特船长与爵士一行人见面后互相述说着各自的情况，邓肯号的燃料和其他供养补充完毕，就沿着巴塔戈尼亚的海岸，绕过合恩角，驶进大西洋，顺利返回。面对这样一个大团圆的结局，我们不仅要为这群历经磨难的人感到万分庆幸，更重要的是所有人一如既往的坚持和努力的精神，值得大家学习。

悦读链接

几维鸟

几维鸟（学名：Apteryx）又译为鹬鸵，是无翼鸟科3种鸟类的共同名称。因其尖锐的叫声"keee-weee"而得名。几维鸟的身材小而粗短，嘴长而尖，腿部强壮，羽毛细如丝发，由于翅膀退化，因此无法飞行。几维鸟很容易受到惊吓，大部分的活动都在夜间进行，觅食时用尖嘴灵活地刺探，长嘴末端的鼻孔可嗅出虫的位置，进而捕食。主要食物包括泥土中的蚯蚓、昆虫、蜘蛛和其他无脊椎动物。寿命可达三十年，是新西兰的特产，也是新西兰的国鸟及象征。

悦读必考

1. 给下列词语注音。

(   )   (   )   (   )   (   )

    忏悔   掩蔽   紧绷   哑谜

2. 解释下列词语。

    同胞：_____

    轻蔑：_____

    安然无恙：_____

3. 造句。

    改过自新：_____

    英姿勃勃：_____

4. 艾尔通最后的结局是怎样的呢？

_____

5. 假如在这条船上的人都没有坚持到最后，都放弃了求生的欲望，本文可能就会是另外一个结局。同学们，发挥你们的想象力，续写一下可能发生的另外一个结局。

_____

配 套 试 题

一、读拼音，写汉字。

　　　　còu hé　　　　　　　fǔ kàn　　　　　　　qí shì

　　（　　　）　　　　　（　　　　）　　　　　（　　　　）

　　　　jīng è　　　　　　　qí qū　　　　　　　gān hé

　　（　　　）　　　　　（　　　　）　　　　　（　　　　）

二、写出下列词语的同义词和反义词。

　　彷徨：同义词（　　　　）　　　　反义词（　　　　）

　　侥幸：同义词（　　　　）　　　　反义词（　　　　）

　　责备：同义词（　　　　）　　　　反义词（　　　　）

　　镇定：同义词（　　　　）　　　　反义词（　　　　）

三、补全下面成语。

　　（　　）断义绝　　　　　　快马加（　　　）

　　（　　）字不提　　　　　　装聋（　　　）哑

　　（　　）泪俱下　　　　　　破釜沉（　　　）

四、选出下列各组中书写有误的一项（　　　　）

　　A. 吞噬　攀附　慈祥　惬意

　　B. 窘迫　殷勤　侵蚀　湍急

C. 斟酌　倾泻　鞭策　瞭望

D. 娇健　执拗　和蔼　俯瞰

五、填入下列语段横线上最恰当的一组词语是（　　　）

接着，两人又（　　　）听到那不可理解的叫声，同时，好像还有枪声，（　　　）听不清楚。正在这时，狂风又起，他们彼此说话（　　　）听不清了。（　　　），他们跑到车子的下风向外站着。

A. 忽然　　　但是　　　也　　　所以

B. 突然　　　但是　　　也　　　而且

C. 忽然　　　即使　　　又　　　而且

D. 忽然　　　即使　　　又　　　所以

六、下列人物和故事情节有误的一项是（　　　）

A.《格兰特船长的儿女》的第一章节，主要讲述了在一艘英国游轮上，遇到了一只鲨鱼。开始水手们是抱着为民除害的想法把鲨鱼钓上来，依照船上的习惯解剖了鲨鱼，然后才有了爵士根据自己的经验发现瓶子中的秘密的事情。

B.《在南纬37度线》一章中主要讲述了在这次旅行中格里那凡爵士的推断否定了大家以前的推测，以至于巴加内尔他们不得不改变原来的航行计划，来进行一次徒步旅行。

C.《危险临近》一章主要讲述了大家满以为这次旅途会十分的顺利，可是就在动物群体性的奔跑时，也预示着大地震不期而遇了，恰恰在这个时候罗伯特找不到了。

D.《天助的一枪》一章主要讲述了爵士带领大家寻找失踪的罗伯特的艰

168

苦过程。罗伯特的生还就是一个奇迹，是爵士等人不放弃最后一丝希望所获得的奇迹。

七、读过《格兰特船长》的儿女，你对文中哪个人物的印象最深？为什么？请写出你的看法。

_____

_____

_____

八、请对《格兰特船长的儿女》这个故事做简短的梗概。

_____

_____

_____

九、指出下面句子所用的修辞手法，并仿写句子。

大海咆哮着，仿佛是希腊神话里所说的那些老岩精在怒吼。

修辞手法：_____

仿写句子：_____

十、根据语言环境解释划线的词。

1.旅客们都闷闷不乐地度过了这个晚上。他们回想到在百奴依角时的希望，联想到现在的失望。

_____

_____

2.果然，不出所料。不一会儿，暗礁在下面越来越多。现在只能来个忽转弯，逆风而行回到没有暗礁的水面上。

_____

_____

3.奥比内听了真是莫名其妙。

_____

_____

十一、阅读理解。

非洲北部的海流帮助游船很快地驶近赤道。8月30日就可以望见马德拉群岛了。爵士履行他对客人的诺言，让巴加内尔上岸。

"我亲爱的爵士，请问，在我上邓肯号之前，您是不是有意要在马德拉停泊？"

"不。"爵士说。

"我亲爱的爵士，加利那群岛有三组岛可以研究，还有那特纳里夫峰是我一直想攀登的。这是一个机会，我要利用这次机会，在候船回欧洲时，攀登一下这座著名的高峰。"

"完全随您，我亲爱的巴加内尔。"爵士不禁微笑起来。加那利群岛离马德拉群岛不到460公里，像邓肯号这样的快船，简直是个无所谓的小距离。

这样说定了，门格尔船长就把船向加那利群岛西边开去。邓肯号于9月2日早晨5点驶过夏至线。自此，天气变了，是雨季的潮湿而又闷热的天气，西班牙人称为"水季"。水季对旅客是艰苦的，但对非洲各岛的居民是有利的。因为岛上缺少水，全靠雨水供给。这时海上浪头大，人们不敢站在甲板上了。于是大家坐在方厅里，谈得一样起劲。

9月3日，巴加内尔开始整理行李准备下船。他踱来踱去，只是摇头。"这是有意和我作对！"他说。

"这样大的雨，您不能去冒险哪。"海伦说。

"我吗？夫人，我绝对能冒这个险。我只怕我的行李和仪器，雨水一打就全完了。"

"也就是下船那一会儿可怕，一到城里，您能住得不太坏。我们希望7~8个月后您能搭船回欧洲。"爵士说。

"7~8个月！"巴加内尔叫起来。

"至少7~8个月，在雨季，这里没有什么船来往。不过您可以想法子利用您等船的时间干点儿事，在地形学、气象学、人种学、测量技术等方面都还有不少工作可干。"

巴加内尔沉默了。

爵士说："您还是将错就错吧！或者不如说，我们还是听从天意吧。天意把文件送到我们手里，我们就出发了；天意又把您送到邓肯号上来，您就不要离开邓肯号吧。"

"诸位要我说真话吗？"巴加内尔终于开始松口，"我看你们都很想要我留下来！"

"您自己呢？我看您也非常想留下来。"爵士说。

"可不是嘛！"巴加内尔叫了起来，"我是不敢开口，怕太冒昧啊！"

1.格里那凡爵士是怎样把巴加内尔先生留下来的？

2. 巴加内尔先生到底愿不愿意留在邓肯号上呢？

3. 请用排比的修辞手法写一句话。

4. 当你遇到不好开口的事情时，你会用什么样的方式让别人知道你的想法呢？

十二、《格兰特船长的儿女》在描写人物时是怎么描写的？是否在其笔下血肉丰满？对你以后的人物描写有什么借鉴？

十三、作文。

　　在《格兰特船长的儿女》这本书中肯定有让你记忆最深刻的地方，就你印象最深的内容着手立意，写一篇不少于500字的文章，题目自拟。

参 考 答 案

第一章 天秤鱼

1. kōng cāo xī shēng qiāo 2. 完善、齐备、齐全 奇妙、奇异、奇怪、怪异 3. 略

第二章 三封信

1. 侵蚀 凑合 乞予 2. 略 3. 略 4. 他在信里得到的信息是：1862年6月7日格拉斯哥港的一只三桅船不列颠尼亚号沉没了，两名水手和一名船长将这份文件在纬度37度11分的地方丢下海里，请求救援。 5. 略

第三章 玛考姆府

1. fǔ kàn jiè jiàn qí shì 2. 恩断义绝：夫妻或亲戚朋友之间情意完全断绝，从此不相往来。仗义疏财：旧指讲义气，拿出自己的钱财来帮助别人。 3. 拟人。仿写句子略 4. 由于格里那凡爵士持有雅各派的思想和不愿逢迎当时的王朝，他颇受英国政客们的歧视。再者，他始终继承着他先辈的传统，坚决抵抗英格兰人的政治侵略，这更是他被歧视的原因。 5. 略

第四章 海伦夫人的建议

1. 精通、聪明 忧虑、顾虑、担心 刚烈、坚定、刚毅 2. 略 3. 他们说，为了寻找富兰克林，曾经白费了几百万！他们声称文件太模糊，看不懂！又说，那些不幸的人已失踪两年了，很难再找到他们！他们既然落到印第安人的手里，必然被带到内陆去了，怎么能为这三个人搜查整个巴塔戈尼亚呢！总之，他们什么理由都搬得出来。 4. 略

第五章 第一位客人

1. 惬意：满意，称心；舒服。热诚：热心而诚恳。 2. 略 3. 他的目的是想做些实际考察，要到印度去，把许多大旅行家从事过的研究继续下去。

第六章 巴加内尔的来龙去脉

1. 爵士 旅行 攀登 2. 略 3. 略 4. 愿意留在邓肯号上。理由略

第七章 南纬37度线

1. 临时 永久 陡峭 平坦 粗犷 文明 自立 依赖 2. 论断：经过推论所做出的判断。 崎岖：形容山路不平。 3. 文件上的空白，不应该读成"将被停于"，而是应该读成"已被停于"。

第八章 危险临近

1. 快速　缓慢　抑止　纵容　2. 瞥见：一眼看见。　交涉：跟对方商量解决有关的问题。　3. 略

第九章 阿根廷草原

1. 难熬　侦察　冤枉　2. 略　3. 天气炎热，大家口渴难耐。　4. 略

第十章 可怕的洪水泛滥

1. mián yán　míng míng　yǒu hēi　bù zú wéi qí　2. 澎湃：形容波浪互相撞击，比喻声势浩大。　叫嚣：大声叫喊吵闹。

第十一章　可怕的灾难

1. 祈祷　颤动　凝固　锐利　2. 穷困　优裕　丰富　贫乏　平安无事　惊涛骇浪　3. 略　4. 略

第十二章 探求失踪范围

1. sàng qì　luó jí　zhuàng huǐ　lù lú　2. 略　3. 略　4. 这一章，邓肯号上的人们遇到了前所未有的飓风。　5. 略

第十三章 遇难船员艾尔通

1. 和蔼　健壮　恳挚　2. 略　3. 略　4. 艾尔通向格里那凡爵士提供了有用的信息。

第十四章 向澳大利亚进发

1. léi lì fēng xíng　pāng tuó　dāng wù zhī jǐ　2. 略　3. 艾尔通开枪打了爵士，让大家彻底知道他是一个大坏蛋。　4. 略

第十五章 麦加利号

1. cán quē　chàn dǒu　pí bèi　jiǎo pán　2. 操纵：控制或开动机械、仪器等，用不正当的手段支配。　虐待：用残暴、狠毒的手段待人。　怜悯：对遭遇不幸的人表示同情。　3. 略　4. 是罗伯特帮助大家逃出了毛利人的控制。

第十六章 腹背受敌

1. 海滩　掌舵　患难　慷慨　2. 略　3. 大家怀疑岛上的土人欺骗过往的船只。

第十七章 胜利返航

1. chàn huǐ　yǎn bì　jǐn bēng　yǎ mí　2. 同胞：同父母所生的；指同一国或同一民族的人。　轻蔑：藐视，小看，鄙视。　安然无恙：原指人平安没有疾病或忧患。现泛指人或物平安无事，没有遭受损害或发生意外。　3. 略　4. 艾尔通最后被丢在了一个荒岛上。　5. 略

配套试题

一、凑合 俯瞰 歧视 惊愕 崎岖 干涸 二、略
三、恩 鞭 只作声 舟 四、D 五、A 六、B
七、答案略，言之有理即可。比如你可以说巴
加内尔先生。他的幽默感染到了你，尽管粗心
大意，但更因他博学、精通地理，让我们为
之钦佩。 八、略 九、拟人 仿写略 十、
1. 心情不舒畅，心烦。形容心事放不下，心
里不快活。 2. 事由变化，在预料之中。形
容原先预料的准确。 3. 说不出其中的奥
妙。指事情很奇怪，说不出道理来。 十一、
1. 略。 2. 愿意。因为众人几乎都没有怎么
规劝巴加内尔先生就已经想留下来了，因为
担心自己的仪器设备在如此天气里损坏，更
因归期太长，索性留下来跟他们一起。 3.
略。 4. 写关于自己的实际情况，言之有理
即可。 十二、略。 十三、略。

175